타운하우스

박희종 장편소설

타운하우스

초판 1쇄 발행 | 2021년 12월 01일

지은이 | 박희종
펴낸곳 | 메이드인
등 록 | 2018년 3월 5일 제25100-2018-000014호
주 소 | 서울특별시 은평구 연서로10길 15-6
전 화 | 070-7633-3727
팩 스 | 0504-252-6940
이메일 | madein97911@naver.com
ISBN | 979-11-90545-25-9 03810

타운하우스

박희중 장편소설

MΛDE IN

차례

    태어나서 학창 시절까지 내내 살았던 동네를 처음 떠난 건, 첫 번째 취업에 성공하고 나서 3년쯤 뒤였다. 가족과의 삶이 싫은 건 아니었지만 군대를 제외하고는 항상 가족의 울타리에서 살아왔기에, 독립해서 혼자 살아보는 것에 대한 내 의지는 꽤 강했다.

    출퇴근 시간이 2시간이 넘게 걸리는 것은 부모님에게 독립을 이야기하기에 좋은 핑계가 되었다. 그렇게 나는 독립을 했고, 서울 시내의 작은 오피스텔에서 5년을 살았다. 그사이에 나는 한 번의 이직을 하고, 두 번 정도 근무지가 바뀌었다. 하지만 모두 멀지 않은 곳이었고 딱히 이사를 해야 할 이유는 없었다.

    5년짜리 적금을 타던 날, 뭔가 변화가 필요하다고 생각했다.

통장에 찍힌 꽤 큰 금액의 돈은 그동안 내가 살아온 지루한 삶의 증거였고, 이 돈을 쓰는 건 그에 대한 소박한 보상이었다. 처음에는 근사한 수입차를 생각했다. 예전보다 수입차가 많이 저렴해진 건지 국산차 가격이 많이 올라간 건지 모르겠지만, 내가 생각했던 것보다 아주 많지는 않은 금액으로 나름 근사한 차를 살 수 있었다.

벤츠를 처음 계약하던 날, 젊고 잘생긴 딜러가 나에게 한마디 했다.

"사장님, 성공을 축하드립니다."

"저 사장 아니에요."

"어차피 되실 텐데요, 뭐."

순간 정신이 번쩍 들었다. 지금 내 삶에 근사한 벤츠가 어떤 변화를 줄 수 있을까?

취업 이후 이미 소박한 소비 습관이 몸에 배어 있다. 주변 사람들도 나와 수입, 지출이 비슷했다. 지금 나에게 필요한 게 나와 어울리지 않는 근사한 벤츠는 아닌 듯했다. 나는 며칠을 더 고민하고 계약을 취소했다. 그리고 집을 샀다.

처음 이 집의 광고를 본 건 외근 후 복귀하는 길에 본 현수막에서였다.

"당신이 기다리던 그림 같은 타운하우스가 바로 여기!"

어떤 단어가 나의 마음을 움직인 걸까? 무작정 찾아간 모델하우스에서 보았던 근사한 타운하우스는 영화나 드라마에서 보던 모습이었다. 나는 그들이 말하는 가든파티를 열진 않을 테지만, 1층에 딸린 작은 정원과 2층의 테라스는 충분히 매력적이었다.

"이 집이다."

서울까지 차로 1시간 10분. 대중교통으로 2시간 반. 지금 다니는 회사와는 45분. 대신 작은 중고차를 할부로 샀다.

집 계약을 하고 주변 사람들에게 자랑했다. 드디어 내 명의로 근사한 집을 샀다고. 비록 대출이 더 많긴 하지만 충분히 갚을 수 있다고. 하지만 사람들의 반응은 싸늘했다. 넌 속은 거다, 타운하우스는 사는 순간부터 집값이 떨어진다, 거기서 평생 살 거 아니면 들어갈 곳이 못 된다, 보통은 작은 건설회사라 마감이 안 좋다, 나중에는 다 직접 수리해야 한다, 은퇴한 노부부들이나 사는 곳을 왜 들어가냐……

나는 사람들이 그렇게까지 타운하우스에 대해 잘 알고 있는지 처음 알았다. 나만 몰랐던 걸까? 하지만 상관없었다. 나는 아파트보다 단독주택이 좋았고, 집으로 돈을 벌 욕심이 없었으며, 당장 결혼할 대상도 마음도 없어서 그들의 말이 전혀 귀에 들어오지 않았다. 그냥 내 집을 마련했다.

이사 오던 날 비루한 나의 삶을 다시 한번 실감했다. 근사했던 모델하우스는 그들이 잘 세팅해 놓은 가구와 장식품들로 만들어진 이미지였다. 혼자 사는 작은 오피스텔에는 대부분의 가구가 옵션으로 딸려 있었고, 나머지는 내가 중고로 산 허름한 것들뿐이었다. 40평대 타운하우스에 들어간 나의 짐이라고는 허름한 싱글 침대 하나, 누가 버린 걸 주워온 책장 겸 책상 하나, 삐그덕거리는 행거가 다였다. 광고에 나오는 근사한 소파도, 널찍한 식탁도, 커다란 TV도 없었다.

오전에 시작한 이사는 1시간도 안 되서 끝났다. 식사하시라고 얘기하기도 민망한 시간이라 캔커피 하나로 인사치레를 하고 이삿짐센터 사람들을 보냈다. 사람들이 떠난 텅 빈 집에서 나는 짜장라면 하나를 끓였다. 이삿날은 역시 짜장면이니까. 그리고 책상 의자를 들어다가 2층 테라스에 놓고 테이블도 없이 행주로 감싼 양은 냄비를 한 손에 든 채로 나는 짜장라면을 먹었다.

"그래도, 이건 내 집이다."

우선 청소를 시작했다. 오피스텔에서 청소기를 돌리고 물걸레질까지 해도 30분이면 끝나던 청소가 타운하우스에선 고스란히 한나절이 걸렸다. 힘겨운 청소에 땀을 잔뜩 흘린 후, 커튼도 없는 거실에서 창문을 열어 시원한 바람을 맞으니 나름 기분이 근사했다. 나중에 거실 커튼은 해야겠다.

세 줄로 구성된 타운하우스는 동마다 가격이 달랐다. 창의 방향은 모두 남쪽이었으나, 가운데 라인에 있는 집은 오른쪽 옆 동의 주방 창문으로 거실이 모두 보일 수밖에 없는 구조였다. 대출로 남은 금액을 감당해야 하는 나로서는 5천만 원이나 비싼 첫 번째 줄 동이나 마지막 줄 동을 선택할 수 없었다.

2층 테라스 옆에 있는 중간방을 침실로 쓰기로 했다. 방이 네 개나 있고 어차피 혼자 사는데 어느 방을 써도 상관없겠지만, 그래도 이 집의 최고의 장점인 테라스를 좀 더 자주 활용하고 싶었다. 아직은 테라스에 테이블도 의자도 없으니 나가고 싶을 때 의자를 쉽게 옮길 수 있는 이 방이 제일 좋았다.

나름 나머지 공간을 분류하기 위해 행거는 2층 작은 방에 두기로 했다. 1층 안방에 드레스룸이 딸려 있지만, 내가 가진 옷을 걸고 보니 너무 많은 공간이 남았다. 옷을 갈아입을 때마다 자괴감에 빠지느니 원래 가지고 있던 행거로 새 드레스룸을 만들기로 했다. 중고나라에 좋은 책장이 나오면 하나 사서 큰방에 둬야겠다. 언젠가는 그곳에 근사한 서재를 만들 거니까.

아직도 빈 곳이 너무 많았지만, 앞으로는 적금도 들지 않고 대출금을 갚으며 조금씩 천천히 내 공간을 꾸며 나갈 거라 생각하니 그저 커다란 하얀 도화지를 얻은 기분이었다.

타운하우스에서의 첫날밤은 기대와는 다르게 별다른 감흥이 없다. 싱글 침대를 놓은 침실은 원래 살던 오피스텔의 크기와 크게 다르지 않았고, 이사를 하고 청소를 하느라 몸을 쓴 탓인지 피곤함이 나의 밤을 깊이 눌렀기 때문이다.

다만 처음 맞이하는 아침은 조금 달랐다. 집이 너무 넓어진 것이다. 나는 드레스룸과 화장실을 오가는 것만으로도 부족한 운동이 보충되겠다는 생각을 하며 서둘러 출근 준비를 했다. 전보다 30분 먼저 맞춰놓은 알람 덕에 조금 일찍 출근 준비를 마칠수 있지만, 오피스텔에서 움직이던 동선과는 너무 많은 차이가 있어서 공간 구성을 다시 해봐야겠다는 생각을 했다.

회사는 차로 45분이 걸렸다. 예전 오피스텔이 대중교통으로 30분이 걸리던 것을 생각하면 15분 정도 멀어진 것이다. 예상 시간보다 10분 정도 먼저 차에 탄 나는, 첫날이니 조금 일찍 출발해야겠다고 생각했다. 특히 오늘은 회의가 있는 날이기 때문에 늦지 않게 도착해서 자리를 지켜야 하는 이유도 있다.

"자! 출발해 볼까? 어?"

헉, 시동이 걸리지 않는다. 비록 8년이 다 돼 가는 중고차였지만 3만 킬로미터밖에 타지 않은 차다. 분명히 나에게 차를 판 중고차 딜러는 아무것도 손볼 것 없이 바로 타기만 하면 된다고 자신만만하게 키를 넘겼다.

그런데 이사한 첫날, 그것도 월요일 아침부터 차가 고장이 나다니. 솔직히 이 상황에는 답이 없다. 이곳이 시내까지 차로는 45분 거리지만 대중교통으로는 두 번을 갈아타고 2시간 반 넘게 걸리기 때문이다. 만약 대중교통을 타야 한다면 강제로 오전

반차를 써야만 한다.

"당황하지 말고 보험을 부르자. 긴급출동 서비스로 바로 와주면 어떻게 늦지 않을지도 몰라."

타운하우스의 단점은 여기서 또 나를 공격했다. 시내와 떨어져 있는 타운하우스에, 주변에 사람들이 많이 안 사는 곳이다 보니 긴급출동도 30분이 걸린다고 했다. 지금 시간에 30분을 기다려서 수리를 해도 적어도 한 시간은 지각인 셈이다. 본부장 성격상 나는 앞으로 한 달 동안 테라스의 야경만 보게 될 수도 있다.

"그 차 방전됐지? 내 그럴 줄 알았어."

아침부터 선글라스를 쓴 옆집 아저씨가 나에게 말을 걸었다.

"어째 어젯밤에 라이트가 켜져 있더라니."

"예?"

"방전된 거라고! 차 처음 샀어?"

"예? 아, 예. 처음 샀어요."

"잠깐 기다려."

언제부터 나와 있었는지 모르는 옆집 아저씨는 심상치 않은 실크 샤워가운을 두른 채 어디론가 사라졌다.

"누구지? 어디선가 본 적이 있는데……."

누군지 떠올리기도 전에 옆 동 주차장에서 구형 벤츠 한 대가 부드럽게 나왔다. 내가 멍하게 보고 있는 사이, 옆집 아저씨는 내 차 앞에 자신의 차를 맞대고는 차에서 내려 트렁크 쪽으로 가며 나에게 말했다.

"본네트 열어."

"예?"

"뭔 말귀를 못 알아들어! 본네트 열라고!"

"아, 보닛이요, 그게 그러니까."

차를 처음 사러 갔을 때도 나는 열어보지 못했다. 같이 가주었던 박 과장님이 두리번거리면 열었던 기억이 나긴 했는데, 누군가가 옆에서 큰소리를 내고 있으니 나는 더 헤맸다.

"차 처음 샀어? 왜 이렇게 헤매?"

"아까 처음 샀다고……."

"아, 비켜봐!"

아침부터 선글라스에 실크 샤워가운을 걸친 옆집 아저씨가 화를 내며 내 차에 들어왔다. 그 아저씨는 한 번에 보닛 스위치를 찾아서 열고는 익숙하게 점프선을 들고 배터리에 연결했다. 그리고 나머지 선을 자신의 오래된 벤츠에 연결하고 다시 한번 큰소리로 말했다.

"이제 시동 걸어."

"아 예."

시동은 쉽게 걸렸고, 아저씨는 아무런 말도 없이 점프선을 정리하더니 자신의 차로 돌아갔다. 나는 시동을 켠 채 잠시 멍하

게 있었고, 그런 모습을 본 옆집 아저씨가 차에 타서 크게 클락
션을 울리고 나서야 나의 정신이 돌아왔다.

"안 바빠?"

"아, 아, 바빠요."

"시동 꺼먹지 말고 쭉 가. 운전은 하지?"

"아 예. 운전은 합니다……."

그 뒤 아무 말도 없이 사라진 아저씨가 누군지 떠오른 건 회
사에 거의 도착할 때쯤, 라디오에서 나온 옆집 아저씨의 노래를
듣고서였다.

"트러스트의 강하준!"

01

트러스트의 음악을 처음 들은 건 3형제 중 막내인 민석이네 집에 놀러 갔을 때였다. 형들이 다 그렇듯 민석이의 두 형도 무뚝뚝하고 거칠었지만, 각자 나름의 개성으로 민석이에게 영향을 미쳤다. 민석이의 큰형은 〈슬램덩크〉와 마이클 조던의 광팬이었다. 항상 농구 추리닝만 입고 농구화만 신고 농구장에서 살던 농구 마니아였다. 민석이의 둘째 형은 남다른 패션 감각의 소유자였다. 깡마른 체형에 키도 큰 편이어서 뭘 입어도 옷태가 났고, 항상 특이한 옷이나 패션 아이템을 사 모으는 게 취미였다. 가끔 질리거나 흥미가 떨어진 옷이나 신발들을 민석이에게 주곤 했는데, 그러다 보니 민석이도 자연스럽게 또래와는 패션 감각이 달랐다. 그래서 민석이는 옷을 잘 입는 걸로 친구들 사이에서도 유명했고, 인기도 많은 편이었다.

너무도 확연하게 취향이 갈리는 형들이지만, 신기하게도 똑같이 좋아하는 것이 딱 하나 있었는데 그게 바로 트러스트였다. 우리 또래에서는 잘 알지도 못하는 이미 유행이 지난 그룹이지만 형들 때는 최고 전성기를 누리던 슈퍼스타였다고 한다. 그래서 민석이네 집에만 가면 항상 트러스트 음악이 들려왔고, 하교한 뒤 민석이네 집에 모여 놀던 우리 무리들은 자연스럽게 트러스트의 팬이 되었다.

동네에서 함께 어울리던 친구 무리들은 중학교까지 같은 학교여서 매일 함께 등교를 하고, 학교가 끝나면 매일 함께 민석이네로 가곤 했다. 그래서 그때까지만 해도 내가 듣는 음악은 민석이네서 듣는 트러스트 음악이 다였다. 고등학교 입학 선물로 받은 CD플레이어를 통해 듣던 트러스트의 노래는 고등학교 내내 등하굣길을 함께했다. 내가 처음 샀던 CD가 트러스트 4집이었고, 5집을 기다렸지만 트러스트 5집은 나오지 않았다.

옆집 아저씨의 얼굴이 익숙했던 이유가 학창 시절의 추억 때문은 아니다. 내가 처음 이 타운하우스의 광고 현수막을 봤을 때, 그 현수막에 강하준의 얼굴이 있었다. 내가 모델하우스를 둘러볼 때도 여기저기 강하준의 얼굴이 있었으며, 심지어 내 기억으로는 중간에 급하게 들어갔던 화장실의 위치를 알려준 것도 강하준의 등신대였다.

"설마 모델이 타운하우스에 살고 있을 줄이야……. 심지어 옆집이라니……."

오전 내내 나는 회사에서 멍하게 앉아 있었다. 우상까지는 아니지만, 나의 학창 시절을 꽉 채우고 있는 트러스트의 강하준이 나의 옆집에 살고 있다. 이게 말이 되나? 실감이 나지 않아서 누군가 몰래카메라 같은 장난을 치고 있는 것 같았다.

멍하던 오전의 시간이 지나고 오후가 되자, 정신이 조금씩 돌아왔다. 특히 강하준에 대한 기억들이 더 구체적으로 생각나기 시작했다.

지금 생각해 보니 정말 이상했던 건, 그 동네에서 내가 들어갔던 모든 공간에 강하준의 사인이 있었다는 것이다. 계약하기 위해 갔던 카페에도, 계약을 하고 간단히 밥을 먹은 작은 식당에도, 심지어 버스에 타기 전에 물을 한 병 사기 위해 들렀던 편의점에도 모두 강하준 사인이 있었다. 심지어 그 모든 곳에는 사인만 있는 게 아니라 가게 주인과 밝은 표정으로 어깨동무까지 한 강하준의 사진 함께 걸려 있었다. 그 당시에는 별생각 없이 지나쳤던 모든 것들이 이제는 강하준이 이 동네에 살고 있다는 사실을 알려주기 위한 복선처럼 느껴졌다. 나는 바로 민석이에게 전화했다.

"야 나 강하준 봤어!"

"뭐? 진짜? 어디서?"

"우리 옆집에서."

"야 장난하지 마! 강하준이 왜 그 코딱지만 한 오피스텔에 왜 가냐?"

"아니 타운하우스!"

"뭐? 너 진짜 거기 샀어?"

"야, 내가 샀다고 몇 번 말했냐? 샀다고! 벌써 들어왔다고!"

"이 미친놈! 거기 사면 안 된다니까! 넌 왜 내 말을 안 듣냐!"

"내가 왜 네 말을 듣냐?"

"됐어! 끊어!"

내가 타운하우스를 산다고 했을 때, 제일 격렬하게 반대하던 놈이다. 지금은 아마 자기의 충고를 듣지 않은 게 화가 나서 이렇게 그냥 끊었지만 곧 다시 전화가 걸어올 것이다.

"옆집에 강하준이 산다고?"

5초 만에 다시 걸려온 전화의 반응은 내가 예상한 대로였다.

"그래. 오늘 강하준이 내 차도 고쳐줬다."

"뻥!"

"트루! 진짜!"

"미쳤다!"

"미쳤지."

"나 오늘 간다. 주소 찍어라."

"지랄, 사지 말라며."

"아니 지금 그게 문제냐? 강하준이라며!"

"그래서 뭐."

"간다고 오늘! 너 주소 안 찍으면 나 형들한테 말한다."

"나중에 와, 나중에. 나도 어떻게 된 건지 좀 보고."

"알았어, 오케이. 대신 친해져라. 나 하준이 형님이랑 술 한잔 하는 게 소원인 거 알지?"

"오케이."

나는 그냥 음악을 좋아하는 정도였지만, 민석 3형제는 전혀 달랐다. 1집부터 4집까지의 모든 포스터가 3형제의 방에 붙어 있었고, 음악뿐만 아니라 패션으로도 유명했던 트러스트가 방송에 입고 나왔던 옷들은 어떻게든 꼭 흉내 내서 따라 입곤 했다. 매일 추리닝만 입는 큰형마저도 말이다. 그래서 3형제 모두 학창 시절 별명을 스스로 "우리 동네 강하준"이라고 우기고 다닐 정도였다.

"괜히 말했네. 피곤하게."

퇴근할 때가 되자 점점 머리가 복잡해지기 시작했다. 오늘 아침 일은 나에게 진짜 고마운 일이다. 그럼 당연히 감사 인사를 해야 하는데, 뭘 어떻게 해야 할지 고민스러웠기 때문이다. 내가 생각한 건 고작 딸기나 사과 같은 과일인데, 그다지 좋은 생각은 아닌 것 같았다. 왠지 강하준이 딸기를 씻거나 사과를 깎는 모습은 상상이 되지 않았기 때문이다.

"야, 내가 옆집에 좀 신세진 게 있어, 뭘 사가야 되냐?"

"과일."

"과일 말고."

"과일이 왜?"

"그냥 과일 말고?"

"여자야?"

"남자야! 과일 말고 딴 거 없냐고?"

"왜 성질이야! 그냥 애 있으면 케이크, 없으면 와인이나 한 병 사가."

민석 3형제랑 별다르지 않은 무뚝뚝한 여동생과의 통화 중에 문득 아침의 실크 샤워가운이 떠올랐다. 실크 샤워가운과 와인은 왠지 잘 어울리지 않은가. 와인에 대해 잘 아는 건 아니지만, 잠깐 만났던 여자 친구가 와인을 워낙 좋아해서 분위기 잡기 위해 몇 병 사놓은 것은 있다. 그중에 가장 비싸지만 내 입에는 안 맞는 것을 가져다줘야겠다고 생각했다.

퇴근해서 주차를 하다 보니 옆집에 불이 켜져 있다. 집에 들어온 나는 우선 편한 옷으로 갈아입었다. 평소라면 당연히 항상 입는 무릎 나온 추리닝과 5년 전엔 하얀색이었던 베이지색 면티를 입었겠지만, 오늘은 왠지 새로 산 면바지와 곤색 반팔티를 입었다. 아직 풀지도 않았던 박스에서 와인을 찾아들고 문밖을 나서는데, 왠지 모르게 떨리기 시작했다. 이 떨림의 의미가 무엇인지는 모르겠지만, 지금까지 살면서 연예인을 가깝게 본 적도 없고 대화를 나눈 적도 없는 나에게는 이성에서 느껴지는 떨림과는 다른 두근거림이었다.

문 앞에 서 있는 나는 떨리는 마음으로 옆집의 초인종을 눌렀다. 너무 어색한 나머지 나도 모르게 시선이 바닥으로만 향했다. 문이 열리자마자 나는 어색함을 이기지 못하고 아무 말이나 쏟아내기 시작했다.

"아침에는 정말 감사했습니다. 아저씨 아니면 정말 지각할 뻔했어요. 저희 본부장이 진짜 레벨이 다른 돌아인데, 지각하는 걸 진짜 싫어하거든요……. 그래서 오늘 지각했……."

무슨 말을 하는지도 모르고 주절대고 있는데, 바닥만 쳐다보던 내 눈에 들어온 건 남자 발이 아니었다.

"예?"

깜짝 놀라 고개를 들어보니 지금까지 내가 만나본 여자 중에 가장 예쁘게 생긴 20대 초반 여성이 하얀 샤워가운만 입고 앞에 서 있다.

"아…… 저…… 그게…… 그러니까…… 그게……."

"누구시죠?"

"아…… 저…… 여기가…… 혹시…… 강하준 아저씨 집 아닌가요?"

"아…… 맞아요."

"아…… 그쵸? 맞죠? 아…… 저…… 그럼 이것 좀…… 전해주세요."

"예?"

나는 와인을 거의 던지듯이 여자의 손에 쥐여 주고, 뒤도 안 돌아보고 도망치듯 집으로 돌아왔다. 후다닥 집에 들어와 현관문에 기대서 한숨 돌리고 나니, 그제야 머릿속에 온갖 생각들이 동시에 쏟아지기 시작했다. 뭐가 이렇게 떨리지? 나는 왜 당황했지? 강하준 집 아닌가? 맞다고는 했지? 근데 누구지? 근데 왜 이렇게 예쁜 거야? 그보다 내가 뭐라고 했더라? 뭐야? 심장은 왜 뛰는데!

머릿속은 너무 혼란스러웠고, 나는 내가 왜 혼란스러운지도 모른 채 텅 빈 거실에 한참을 서 있었다. 얼마나 서 있었는지 모르지만 겨우 정신을 차릴 즈음에 갑자기 초인종이 울렸다.

누구지? 천천히 현관에 다가가자 작은 화면에 강하준 집에 있던 그 예쁜 여자가 보였다.

'뭐야! 여긴 왜 온 거야?'

02

"저…… 무슨 일이세요?"

"잠깐 나와 주시겠어요?"

"아…… 예……. 잠시만요…….."

정신 없이 급하게 뛰어나가듯이 문을 나섰다. 얼마나 내가 정신이 없던지 아까는 신발을 신은 채로 거실에 서 있었고, 지금은 나도 모르게 현관에서 신발을 벗고 밖으로 나갔다. 맨발로 뛰어나온 나를 그 여자는 신기한 듯이 쳐다보고 있었다.

"저…… 무슨 일이세요?"

"뭐 그 정도로 급한 일은 아닌데…….."

내 맨발을 보며 그 여자가 말했다. 나는 그 여자의 말에 더 정신이 없어서 그 자리에서 발을 이리저리 꼼지락거렸다.

"잠시만요. 신발 좀…….”

신발을 신고 다시 현관 앞에서 그 여자와 마주했다. 여전히 심장은 쿵쾅거리고 등 뒤에선 식은땀이 흘렀다. 신발은 신었지만 발은 여전히 꼬물거렸고 두 손은 어쩔 줄을 모른 채 앞으로 모았다 뒷짐 졌다를 반복했다. 손에 와인이라도 들려 있던 아까가 차라리 나았던 것 같다는 생각을 하다가, 그 여자의 손에 들린 그 와인을 발견했다.

"이거 제가 못 전해줄 것 같아서요.”

여자는 나에게 그 와인을 다시 건넸다.

"예?”

"강하준 씨 오늘 안 들어올 거 같거든요.”

"아…… 그래요?”

"친하세요?”

"예? 누구랑요? 누가요? 저랑요?”

"강하준 씨랑.”

"아…… 그게…… 그러니까…… 친하다고 말할 수 있는 관계가 아니고요……. 제가 신세를 좀 진 게 있어서요……. 그러니까…….”

"예. 알겠어요. 그럼 제가 이 와인을 못 전해 드리면 강하준 씨를 다시 만나야 하는 거잖아요? 그렇죠?”

"아…… 예…… 그게…… 그렇죠…….”

"그럼 그때 이것도 같이 전해 주시겠어요?"

여자는 무심한 표정으로 반으로 한 번 접은 쪽지 하나를 나에게 건넸다.

"예……. 뭐…… 그거는…… 뭐…… 예…… 예……."

"감사합니다."

나름 친절하게 웃으며 감사의 말을 전했지만 영혼은 없는 듯했다.

여자가 가고 나서 또 벙벙한 상태로 거실에 들어온 나는, 한 손에는 와인을 들고 다른 한 손에는 쪽지를 들고 또 그렇게 한참을 서 있었다.

아! 신발을 또 안 벗었구나.

아주 깜깜한 밤이 되고서야 나는 정신을 차리고 바닥에 앉았다. 바닥에 앉아서 오늘 하루 나에게 일어난 일들을 생각해 봤다. 태어나서 처음으로 연예인과 대화를 나누고 심지어 그 연예인에게 도움을 받았다. 그리고 저녁에 와서는 그 연예인과 무슨 관계인지 모르는 아주 많이 예쁜 여자와 대화를 하고…….

"강하준과는 무슨 관계지?"

생각을 정리하다 보니 그 여자가 누군지 궁금해졌다. 강하준의 나이를 생각하면 연인이라기엔 나이 차가 너무 많고, 또 연인이 아니라면 주인이 없는 집에서 샤워를 할 정도로 가까운 사이여야 하는데, 딱 떠오르지 않는다. 누굴까? 무엇보다 그 여자는 내가 지금까지 본 그 어떤 여자보다 예뻤다.

그때 문득 그 여자가 주고 간 쪽지가 내 손에 있다는 생각이 들었다. 봉투도 없다. 여러 번 접지도 않았다. 그저 메모지 한 장을 찢어서 한 번 접은 것뿐이었다.

열어볼까?

이럴 땐 꼭 괜한 양심이 브레이크를 건다. 나와 상관도 없는 한 연예인의 개인사를 살짝 들여봐도 아무 문제 없겠지만, 그래도 뭔가 반칙이라는 느낌이 든다. 그때 마치 나의 고민을 해결이라도 해주려는 듯 민석이에게 전화가 왔다.

"형님께 인사는 드렸냐?"

"야, 혹시 강하준 연애하냐?"

"야! 강하준이 뭐야, 강하준이! 형님이라고 해!"

"아 쫌. 됐고, 여자 친구 있냐고?"

"내가 그걸 어떻게 알아? 내가 아직도 팬클럽인 줄 아냐?"

"아니 그래도 혹시 루머나 찌라시 없어?"

"왜? 같이 사는 여자가 있어? 형님 동거하시냐?"

"미친놈아, 그걸 내가 어떻게 알아!"

"아 그럼 뭔데! 말을 똑바로 해!"

나는 우선 정상적인 대화를 위해 오늘 있었던 일을 자세하게 이야기해줬다. 이야기를 하는 내내 민석이가 얼마나 집중했는지는, 중간에 한 번도 내 말을 끊지 않고 경청하는 태도로 알 수 있었다.

"쪽지 보자!"

"안 돼!"

"왜? 누가 알아? 대충 접은 거라며! 그럼 그냥 네가 봐도 상관 없다는 거 아냐? 그냥 확 보자!"

"말이 안 되지. 대충 접었다는 게 아무나 봐도 된다는 말은 아니잖아!"

"아 답답한 놈! 그럼 안 보게? 안 궁금해? 너는 옆집에 연예인이 사는데? 그 연예인 집에서 누가 샤워를 했는데? 안 궁금해? 심지어! 지금! 당장! 확인할 수 있는데? 안 궁금하다고? 진짜?"

"궁금해! 궁금해! 궁금해! 나도 궁금해 미치겠다고! 그렇다고 내가 막! 어? 내가 막! 다른 사람이 전해 달라는 쪽지를 어? 내 맘대로! 막 보고 그러라고? 그건 아니잖아. 안 그래?"

"뭐가 안 그래? 몰라! 모른다고! 네가 살짝만! 아주 살짝만! 지금 한 15도라고 치면, 한 40도까지만 벌려도 읽을 수 있다고! 그럼 누가 그 쪽지를 15도에서 40도까지 벌린 걸 아냐고!"

"내가 알잖아, 내가! 혹시라도 내가 알면 안 되는 내용이면 어떡해? 나중에라도 안 본 척할 수 없는 내용이면 어떡하냐고!"

"야 이 빙신아! 보지 마! 야! 너 보지 마! 너 보지 마라, 절대! 보기만 해봐. 아주 내가 아작을 낼 테니까. 아! 이 새끼 진짜 빙신이네! 야! 됐어! 끊어."

민석이와 그렇게 아무 소득 없이 통화를 마치고 나서 나는 또한 30분을 그 쪽지를 앞에 두고 바닥에 앉아 있었다. 이 소심함이 내 인생에서 큰 피해를 준 적은 없어도, 아마 많은 기회나 즐거움을 그냥 흘려보냈을 거라는 막연한 후회는 있다. 진짜 바보 같기는 하지만 혹시 보일까봐 바닥에 엎드려서 15도의 사이를 실눈을 떠서 보기도 했다. 하지만 길지 않은 내용이라는 것만 보이지, 단어는 하나도 알아볼 수 없었다.

나는 결국 아무것도 하지 못한 채 그 자리에서 잠이 들었고, 새벽에 추워서 잠이 깬 후 침대로 들어가서 잠을 잤다. 침대로 올라가는 중에도 나는 주방 창문을 통해 옆집에 불이 꺼져 있는 것을 확인했다.

"진짜 안 들어왔구나."

그렇게 타운하우스에서 두 번째 밤이 지나갔다. 나는 첫날만큼이나 깊게 잠이 들었고, 어제처럼 아무런 감흥도 없이 아침을 맞이했다. 혹시 어제와 같은 일이 생길지도 모른다는 부담감에 나는 더 열심히 움직였고, 씻었는데도 땀이 날 정도로 정신없이 출근 준비를 했다. 어제보다 10분 더 일찍 나온 나는, 나도 모르게 옆 동을 기웃거렸다. 아무도 없는 듯 적막한 옆 동을 계속 주시하며 차에 올랐다. 차에 시동을 걸고 막 출발하려는 순간, 그 오래된 벤츠가 길의 끝에서 들어왔다. 출발하지 않고 가만히 서 있는 나를 본 강하준은 주차를 하고서 나에게 다가왔다. 또다시 땀이 흐르기 시작한 나는 휴지라도 찾기 위해 주머니에 손을 넣는 순간, 그 쪽지가 주머니에 있다는 사실을 떠올렸다. 급하게 내려서 말을 걸 수밖에 없었다.

"차는 잘 가?"

내리는 나를 보고 강하준이 먼저 말을 걸었다.

"아…… 예…… 어제는 감사했습니다."

나는 강하준의 앞으로 쭈뼛거리며 다가갔다.

"다행이네. 안 바빠? 출근 안 해?"

"아, 합니다, 해야죠. 근데 저기 제가 드릴 말씀이……."

무심히 현관 쪽으로 들어가는 강하준을 불러 세웠다.

"어? 뭐?"

"어제 제가 너무 감사해서 저녁에 와인 한 병을 가지고 갔었거든요."

"에이 무슨 와인이야? 오그라들게. 고마우면 과일이나 몇 알 사오지."

"아…… 그렇구나……."

"됐어! 과일도 집에 많으니까 가족들이랑 먹어."

"혼자 사는데요……."

"그래? 그럼 더 챙겨 먹어야겠네. 오케이! 받은 걸로 할 테니까. 뭐 어려운 일도 아니고. 어서 출근해!"

"근데요! 어제 집에 누가 계셨어요."

내 말에 갑자기 관심이 생긴 강하준이 갑자기 나에게 다가왔다.

"뭐? 지금 뭐라고 했어?

"어제 제가 불이 켜 있길래 와인을 들고 갔는데, 초인종을 눌렀더니 어떤 여자분이 나오시더라고요……."

"그래서?"

"예? 그냥 저는 와인만 드리고……."

예뻤다는 말, 샤워가운을 입고 있었다는 말도 못 했다. 뭔가 내 속마음이 담기는 듯해서. 아, 생각해 보니 나는 어제 이 집에서 샤워가운 입은 사람들만 만났다. 무슨 찜질방도 아니고.

"그게 다야? 다른 건 없었고?"

"저도 당황해서 뭐 다른 건 뭐가 없었고요. 근데 나중에 다시와서 저한테 쪽지를 전해 주라고요……."

"뭐? 줘봐."

강하준은 내가 내민 쪽지를 거의 뺏어가듯 가져갔다. 그리고 그 쪽지를 읽다가 조금 심각해지고는 화가 난 표정으로 다 읽은 쪽지를 구겨서 잔디밭 위로 던져 버렸다.

"됐어! 가봐! 출근해야지!"

"아…… 예……."

"그리고 아까 화낸 거 아냐! 그럴 일이 좀 있어!"

"아…… 예."

"여하튼, 출근해."

화가 났다기보단 뭔가 슬픈 눈빛으로 변한 강하준은 집에 들어가 버렸다. 나는 그곳에서 또 한참을 서 있어야 했다. 구겨 버린 그 쪽지가 어디 있는지 정확하게 보였기 때문이다. 지금이라도 나는 당장 잔디밭에 들어가 그 쪽지를 펴볼 수 있다. 그리고 심지어 저건 쓰레기다. 이미 강하준이 버린 쓰레기. 난 이웃의 정으로 그저 잔디밭에 있는 쓰레기를 치워 주는 것뿐이다. 심지어 강하준은 내가 그 쪽지를 읽었는지 아닌지는 궁금하지도 않은 것 같았다. 나는 그런 내적 갈등으로 정말 지각하지 않기 위해서 더 이상 지체할 수 없을 때가 돼서야 결국 그 쪽지를 줍지 못한 채 차를 끌고 나왔다. 나는 출근 내내 그 쪽지의 위치가 눈에 선했다.

"이그 빙신아."

민석이의 비아냥이 귀에 들리는 듯했다.

03

회사에 출근한 나는 또 멍하게 앉아 있다. 아침의 그 쪽지도 눈에 아른거렸고, 강하준과 그 여자의 관계도 궁금해서 정신이 들지 않았다. 분명히 별거 아닐 수도 있다. 지금까지 옆집에 누가 사는지 그렇게 중요하게 생각한 적도 없었고, 딱히 연예인에 관심을 갖고 살지도 않았다. 물론 트러스트는 어릴 때 좋아하던 가수였던 건 맞지만, 그렇다고 이제 와서 새삼 나에게 무슨 의미가 있겠는가? 그럼에도 불구하고 나는 평상심을 잃어가고 있다. 뭔가 모를 분위기에 휩쓸리고 있고, 내 삶이 흔들리고 있는 것이다. 정말 아무것도 아닌 일에 말이다.

"정신을 어디 두고 있어? 일 안 해? 안 바빠? 요즘 한가해?"

"아뇨, 일하고 있습니다……."

"다 지켜보고 있다. 괜히 넋 때리면서 월급 날로 먹을 생각하지 마."

나는 평범하다. 그저 평범하게 살아가는 직장인에 불과하다. 그래서 나는 이 직장에서 다른 사람들처럼 나의 몫의 일을 해야만 하고, 나에게 책정된 월급을 받아야만 한다. 지루하지만 이 평범함이 내 삶을 지탱한다.

그러니 정말 아무것도 아니다. 옆집에 연예인이 사는 것도, 그가 어떤 여자와 특별한 관계인 것도, 그건 나에게 아무 상관이 없는 일이다. 그냥 나는 내 집을 산 것뿐이다.

그렇게 생각하고 다시 나의 일상으로 돌아오기로 했다. 그런데 지금, 나는 강하준 집 앞에서 쪽지를 찾고 있다.

"분명히 이쯤에 버린 것 같았는데……."

퇴근길에 옆 동에 불이 꺼진 것을 보고, 나는 다시 심장이 뛰기 시작했다. 나도 내가 왜 이렇게까지 집착을 하는지 모르겠지만, 오늘 그 쪽지를 보지 않으면, 왠지 잠들지 못할 것 같다는 생각이 들었다.

"찾았다!"

"뭘?"

내가 엎드려서 겨우 구겨진 쪽지를 찾고 있을 때, 찾는 것에 너무 집중한 나머지 나는 주변에 누가 서 있는지조차 알지 못했다. 언제부터였는지 모르지만 강하준이 내 옆에 서 있었다.

"뭘 흘렸어?"

다행히도 내가 쪽지를 줍는 건 보지 못한 듯했다. 나는 급하게 주머니에 손을 넣어서 쪽지를 숨기고, 손에 잡히는 아무거나 꺼냈다.

"이거요……, 이거!"

"어?"

내 손에는 어이없게도 동전 하나가 들려 있다. 나를 이상한 눈으로 쳐다보는 강하준에게 나는 무슨 말이라도 해야 했다.

"아…… 그러니까요…… 제가 오늘 회사에서 동전을 쓸데가 있어서…… 분명히 챙겨서 나왔는데…… 회사에 가니까 없어가지고요……. 아침에 여기서 흘린 거 같기도 하고 해서…… 하하하하하…… 근데 찾았네요."

"그게 자네 꺼 맞아?"

"예?"

"그 동전 자네 꺼라는 증거 있냐고?"

"아…… 아니요…… 그게."

"그게 동전에 이름이 쓰여 있는 것도 아니고, 지금 여기는 엄연히 내 집인데……."

"아…… 그렇죠? …… 그러네요……. 강하준 씨가 흘리신 것일 수도 있네요……. 드릴까요?"

"하하하, 동전은 됐고! 혹시 김치 있어?"

"김치요?"

"내가 지금 김치찌개가 좀 땡기는데 나가기는 귀찮고, 있으면 좀 빌려줘. 나중에 내가 맛있는 와인 한 병 줄 테니까."

"와인이요?"

"왜? 와인 좋아하는 거 아냐?"

"아, 전 소맥 좋아해요. 와인은 전 여자친구 때문에……아…… 그보다 있어요, 김치. 김치찌개도 있고요……."

우선 이곳에서 벗어나는 것이 좋겠다고 생각했다. 나는 다행히 맛있는 김치를 담그시는 어머니가 계셨고, 자취생활 경력으로 김치찌개 하나는 누구보다 맛있게 끓일 수 있다. 때마침 냉장고에 이사 오기 바로 전에 잔뜩 끓여 놓은 김치찌개도 있다. 그거 한 냄비면 지금의 이 상황을 깔끔하게 벗어날 수 있다.

"제가 가져다드릴게요."

"뭘 귀찮게 가지고 오고 가고 그래? 됐어! 밥 안 먹었지? 같이 먹자! 가족도 없다며."

강하준은 내 대답을 듣지도 않고 우리 집 앞에 섰다.

"예?"

"뭐해? 문 열어. 배고파."

"아 예……."

나는 얼떨결에 현관문을 열었다. 강하준이 현관을 지나 중문을 여는 순간, 뒷모습이었지만 놀라는 모습이 느껴졌다. 거실에는 여전히 아무것도 없는 상태에 아침에 급하게 먹다 만 시리얼 그릇이 올려져 있는 밥상만 덩그러니 있었고, 주방에는 이사할 때 올려놓은 전기밥솥만 놓여 있다. 강하준의 입장에서는 정말 텅텅 빈 빈집처럼 느껴졌을 것이다.

"여기서 노숙해?"

"아…… 미니멀한 삶을 지향하기도 하고요……. 제가 여기 오기 전에 작은 오피스텔에서 혼자 살았거든요. 그러다 보니까 짐이 없어요……. 그래도 뭐 이것저것 이제 좀 사려고 하고 있어요. 그저께 이사 와서 아직 아무것도 못 산 거예요. 정신이 없어서."

내가 왜 변명을 하는지 모르겠지만, 스스로도 구구절절하다 싶었다. 강하준은 뭔가 점점 흥미로운 표정이 되어 갔다.

"다른 데도 좀 보자! 내가 이런 집은 난생처음이라……."

"아…… 뭐…… 봐도 되는데요……. 진짜 별게 없어요……."

"그럴 거 같아. 얼마나 없나 보고 싶어서."

강하준은 자신이 사는 집과 같은 구조의 집을 마치 처음 보는 공간인 것처럼 신기한 눈으로 구경했다. 강하준에게는 빈 방이나 다름없어 보일 드레스룸에서는, 옷을 갈아입을 때마다 자괴감에 빠지느니 원래 가지고 있던 행거를 가져다놓았다고 설명했다. 강하준은 박장대소를 했고, 내가 이유를 말하자 눈물까지 흘리며 웃기 시작했다.

"너 진짜 재밌다. 완전 맘에 들어! 완전 신선한데?"

"예……? 아…… 하…… 하…… 하…….."

"근데 우선 어쩔 수가 없다. 가자, 찌개 들고 와…….."

"예? 어디를?"

"당연히 내 집이지!"

"예? 아까 여기서 드신다고…….."

"그러려고 했지! 근데 식탁 있어? 의자는 있고? 나 무릎 아파서 바닥에도 못 앉아. 그냥 내 집에서 먹자!"

"아…… 예…… 죄송합니다."

"뭘 죄송까지야. 밥은 있어. 김치찌개니까 다른 반찬은 필요 없잖아."

나는 커다란 냄비를 든 채 강하준의 뒤를 따라갔다. 강하준의 집에 들어서면서, 나는 강하준이 내 집에서 놀란 것만큼이나 크게 놀라기 시작했다. 왜냐하면 내가 타운하우스를 보러 갔던 모델하우스랑 내부가 똑같았기 때문이다.

"모델하우스랑 똑같지? 이거 디자인을 내가 한 거야."

"예?"

"원래 이 타운하우스가 내 팬클럽 회장 했던 동생이 지은 거야. 워낙 오랫동안 봐온 놈이기도 하고 정도 많이 들어서 뭐라도 좀 도와주고 싶었거든. 그래서 그냥 내가 공짜로 모델 해주겠다고 했지. 그랬더니 그놈이 이왕 하는 거 모델하우스도 좀 꾸며달라고 하더라고. 그래서 모델하우스 디자인까지 내가 해 줬는데, 나중에 내가 여기 들어온다고 하니까 그걸 그대로 내 집에다가 가져다놨어. 내 허락도 안 받고 말이야. 그래서 똑같은 거야, 모델하우스랑."

"그럼 원래 처음부터 여기 들어오려고 하신 거예요?"

"아니지. 그래도 내가 모델까지 해주면 잘 팔리겠지 하고 해 줬는데, 생각보다 잘 안 나가더라고. 그래서 그냥 내가 하나 팔아준다고 한 거야. 마침 서울도 좀 지겨워졌었고. 네가 아마 마지막으로 들어온 거지? 너 아니었으면 그 집도 내가 사서 작업실로라도 써야 하나 고민했었어. 여하튼 덕분에 돈 굳었어."

강하준과는 다르게 나는 이 집이 궁금하지 않았다. 이 타운하우스를 계약하기 전에 많이 고민스러워서 모델하우스를 세 번이나 들렀고, 그때 찍은 사진과 동영상을 수없이 돌려봤기 때문이다. 다만 기분이 좀 나쁜 건, 그 내표라는 사람이 그때 마침 딱한 채 남아서 당장 계약하지 않으면 금방 팔릴 것처럼 이야기했었는데, 혹시나 했지만 역시나였다.

강하준의 집은 모델하우스만큼이나 정리가 잘되어 있고 깔끔했다. 혹시라도 2차 분양을 한다면, 그냥 이대로 사람들을 불러도 될 만큼 정돈된 모습이었다. 문득 다시 궁금증이 생겨났다.

"여기서 혼자 사세요?"

"어, 혼자 살지."

"결혼은……?"

"너 내 팬 아니구나?"

"아니…… 그게 아니고요……. 팬은 팬인데요……. 그건 전 트러스트 음악만 좋아해서…… 강하준 선생님 개인사는 잘 몰라서요……. 죄송합니다……."

"선생님은 뭐야? 내가 너한테 뭘 가르쳤어? 형이라고 해. 넌 이름이 뭔데?"

"준호예요. 박준호."

"이름도 생긴 거만큼 평범하다. 그럼 이제 준호라고 부른다, 나도."

"아…… 예."

지금 막 연예인과 호형호제를 했다. 지금까지 살면서 연예인이라고는 먼 곳에서 본 적도 없는 내가, 옆집의 이웃이 되더니 이제 형 동생 하는 사이가 되었다. 지금까지 평범하고 밋밋하게 살던 내 삶에 나름 신선한 자극이다.

"준호야! 가서 찌개부터 데워. 배고프다."

우리는 찌개를 끓여서 밥을 먹었다. 반찬은 필요 없다고 하면서도 하준이 형은 처음 보는 음식들을 잔뜩 내놨다.

"이거 다 베트남 음식이야. 맛있어!"

"베트남이요?"

"혼자 사니까 사무실에서 가사도우미를 보내주거든. 그런데 그분이 베트남 아주머니야. 일은 잘하시는데, 한국 음식을 못하시거든. 아주머니가 나름 맛있게 해준다고 이것저것 만들기는 하는데 다 베트남 음식이야. 난 벌써 질렸어."

"어? 진짜 맛있는데요?"

"그것만 한 달 먹어봐. 이런 김치찌개가 확 땡긴다. 야! 이 김치찌개 맛있는데?"

"괜찮으세요?"

"맛있어! 대박인데? 야! 내가 너 선물 좀 줄 테니까, 나 가끔 이렇게 김치찌개나 좀 얻어먹자."

나는 그렇게 난생처음 연예인이랑 밥도 먹고, 수다도 떨었다. 데뷔하고 나서 바로 결혼을 했었는데, 가수 활동을 하면서 뭔지 모를 갈등으로 결혼한 지 1년 만에 이혼을 했다는 사실도 알게 되었다. 물론 인터넷으로 검색하면 5분도 안 돼 알게 되는 내용이지만 본인에게 직접 들으니 뭔가 더 특별한 느낌이었다.

반주로 소맥까지 말아먹고 나니 몸이 좀 피곤해지기 시작했다. 시간은 벌써 11시가 다 되고 있었다.

"준호야! 가끔 밥이나 먹고 술이나 좀 하자! 남자끼리 붙어 사는데 별거 있냐?"

"아, 예, 형님. 좋습니다⋯⋯."

나는 아직 형이라고 부르는 것이 어색하고 쑥스러웠다. 아마 민석이놈이라면 보자마자 넉살 좋게 형이라고 불렀겠지만, 나는 그런 성격은 아니다. 그래도 연예인 형이 생긴다는 건 은근 기분 좋은 일이다.

"야! 그리고 너희 집 비번 107218 맞지?"

"어, 맞아요. 지구의 속도······."

"아······. 우리 음악 많이 들은 거 인정!"

트러스트 4집 타이틀곡 '107218'. 시속 10만 7218킬로미터, 지구가 태양을 도는 속도다. 고등학교 내내 들었던 트러스트 4집 앨범 중에서 내가 제일 좋아하던 노래다. 처음 이메일을 만들고 비밀번호를 설정해야 했을 때, 나와는 직접적인 연관성이 없는 의미 있는 번호로 딱이라고 생각했다. 그래서 지금 내가 쓰는 대부분의 비밀번호가 107218이다. 그걸 알아채다니.

"아까 슬쩍 봤는데 그런 것 같더라고. 여하튼 형이 내일 선물 좀 넣어놓을 테니까 너무 놀라지는 마."

나는 알 수 없는 하준이 형의 말을 듣고 집에 왔다. 내일 집에 넣어 둔다는 게 뭔지는 몰라도, 지금 내 관심은 그게 아니었다. 나에게 지금 중요한 것은 저녁 내내 내 주머니에 있던 그 구겨진 쪽지였기 때문이다. 같이 밥도 먹고 술도 마시고, 형이라고 부르는 관계가 되고 나니 조금 망설여지는 것이 사실이었지만, 이대로 또 안 보고 넘어가면 내일 하루 종일 멍해 있을 게 뻔하다. 어차피 주워온 것은 보는 게 맞다고 생각했다.

"도망치지 마요. 피하지도 말고. 더 이상은 안 돼. 결국 책임 져야 한다는 거 잘 아시잖아요. 오래 못 기다려요……."

이건 무슨 말이지? 이제 막 하준이 형을 알게 된 나로서는 아무것도 추측할 수 없었다. 뭐에서 도망치지 말라는 건지? 뭘 피하지 말라는 건지? 무슨 책임을 지라는 건지? 문란한 연예인들의 사생활을 떠올려 유추해 보면 찝찝한 사건들을 만들어낼 수는 있겠지만, 그렇게 생각하고 싶지도 않았고 그런 생각이 들지도 않았다. 하지만 그런 지저분한 관계가 아니라면 짐작가는 것이 전혀 없었다.

보지 말걸. 쪽지를 보고 나니 오히려 머리가 더 복잡해지고, 궁금증만 더 커졌다. 궁금증은 그다음날 어김없이 나를 멍하게 만들었고, 이제 듣기 싫은 꾸중을 들어도 정신이 들지 않았다. 민석이에게 전화해서 물어볼지 수없이 고민했지만, 전화를 해봤자 또 결론 없는 말싸움이나 하다가 끝날 것이 뻔해서 포기했다.

타운하우스에 이사온 지 겨우 3일. 그 3일 동안 내 삶은 묘하게 변해가고 있었다. 지금까지 너무 밋밋해서 지루하던 내 삶이 뭔가 흥미진진해져 가는 건 분명하다. 다른 사람들이 보기에는 어떨지 모르겠지만, 나는 당황스럽다.

밋밋하고 지루하게 살아온 것은 내 나름의 선택이었다. 그런데 지금의 나는 새로운 선택으로 인해 정말 많은 것들이 달라져 가고 있다. 혼란스럽고, 복잡해졌다.

하지만 무엇보다도 나를 가장 혼란스럽게 만든 것은 멍하게 보낸 하루를 마치고 집에 돌아왔을 때다. 정신적으로 지쳐서 아무 생각 없이 현관문을 열고 집에 들어왔을 때 내 앞에 펼쳐진 광경은, 다시 문을 열고 내 집이 맞는지를 다시 확인할 정도로 충격적이었다.

"아 진짜 이거 뭐야!"

04

집에 들어오니 모든 것이 달라져 있다. 우선 거실에는 근사한 가죽으로 만들어진 4인용 소파와 엔틱 느낌의 장식장, 60인치도 넘어 보이는 큰 TV와 진공관 오디오까지 설치되어 있다. 주방에는 장식장과 같은 느낌의 6인용 커다란 식탁과 양문형 냉장고, 비싸 보이는 오븐과 밥솥, 심지어 커피머신에 와인 냉장고까지 있다.

"와인 안 좋아한다니까……."

나는 눈앞에 펼쳐진 이 광경에 어이가 없었지만, 그와 동시에 나머지 공간들에 대한 궁금증도 생겼다. 1층 안방에는 내가 지금까지 본 것 중에 가장 큰 침대가 놓여 있다. 한번 누워 보고 싶은 충동을 겨우 참았다. 한쪽 벽에는 호텔에나 어울릴 듯한 근

시한 스탠드 조명과 1인용 리클라이너 의자까지 있다. 다른 벽에는 어이없게도 하준이 형의 대형 브로마이드가 걸려 있다.

"아 뭐야! 무슨 이런 사진을 걸어놔!"

안방과 연결된 드레스룸에는 꽤 많은 옷이 걸려 있는데, 딱 봐도 하준이 형이 자신의 옷 중에서 그나마 내가 입을 수 있는 옷들만 골라서 가져다준 티가 났다. 대부분 무난하고 깔끔한 디자인에 색도 보편적인 것들이다. 최신 유행의 디자인들은 아닌 것 같았지만, 어찌나 비싸고 고급스러워 보이는지, 한쪽에 옮긴 행거와 거기 걸린 내 옷들이 한층 더 초라해 보인다.

방을 나와서 2층 계단으로 올라가는데, 태어나 처음으로 내가 사는 공간에 그림이라는 게 걸려 있다는 걸 깨달았다. 어딘지 모를 근사한 해변을 그린 그림이 계단 전면에 걸려 있고, 2층 계단 끝에는 내가 형체를 설명하기조차 어려운 난해한 조각품도 하나 놓여 있다.

원래 내가 쓰던 침실은 근사한 서재가 되어 있다. 문을 기준으로 천장까지 꽉 차는 책장이 양쪽으로 서 있고, 책장엔 책이 가득 꽂혀 있다. 음악 책, 여러 문학 책, 다양한 언어의 원서도 꽂혀 있다. 책 상태가 새것인 걸 보면 그냥 사다만 놓은 것도 많아 보였다.

"역시 허세가 있어!"

가운데는 딱 봐도 비싸 보이는 근사한 책상이 놓여 있다. 가구들은 전체적으로 거실의 장식장과 같은 엔틱한 느낌이 났는데, 조금 올드해 보이기는 해도 워낙 고급스러워서 촌스러운 느낌은 없다. 의자는 브라운 색 가죽의자인데, 너무 고급스럽고 편안해 보여서 앉자마자 내가 무지 높은 사람이라도 된 기분이다. 서재에서도 모든 것이 완벽했지만, 책상 위에 올라가 있는 오래된 나의 노트북이 참 초라해 보였다.

"노트북은 원래 하나 사려고 했으니까……."

원래 드레스룸이던 곳은 더 대박이었다. 창문에는 무거워 보이는 암막 커튼이 쳐 있고, 전면에는 커다란 스크린이 내려와 있다. 스크린 옆으로는 내 가슴까지 오는 커다란 스피커가 있는데, 마치 나에게 보란 듯이 트러스트의 공연 실황 영상이 나오고 있었다. 음소거된 오디오의 볼륨을 높이자, 빵빵한 음질과 함께 음악이 터져 나왔다.

"우와! 이 음질은 또 뭐지?"

스크린 앞에는 원목으로 된 소파 테이블이 있고, 침실에 있는 것보다 더 커다랗고 편안해 보이는 리클라이너 의자 두 개가 놓여 있다. 소파 테이블에는 아래쪽에 PC와 콘솔게임기가 설치되어 있고, 리클라이너 의자 옆에 작은 테이블에는 조이스틱과 마우스가 놓여 있다. 역시 연예인은 노는 것도 다르구나 하고 생각했다.

나도 모르게 그 리클라이너 의자에 앉아 한참을 멍하게 있었다. 나에게 무슨 일이 일어나고 있는지 감을 잡을 수도 없다. 겨우 정신을 차리고 2층 테라스로 나가보니 여기는 또 캠핑장이 되어 있다. 영화에서나 보던 캠핑용 의자와 테이블, 해먹에 작은 화덕도 설치되어 있다.

내가 제일 놀랐던 것은 그 테라스 구석의 작은 개집이다. 처음 그것을 발견한 나는 조심스럽게 개집 안을 들여다봤는데, 갑자기 뛰어나온 작은 포메라니안 한 마리 때문에 엉덩방아를 찧고 말았다.

"뭐야?"

이제 한 4~5개월 되어 보이는 그 강아지는 배가 고픈지 내 다리로 다가와서 꼬리를 흔들며 비비적거렸다. 개집 앞에는 내 밥그릇보다 비싸 보이는 개 밥그릇이 있고, 캠핑의자 옆에 있는 공간박스에 강아지 사료와 간식이 있다.

"무슨 사료에도 왕관이 그려져 있냐?"

왕관까지 그려져 있는 그 강아지 사료에 다행히 한국말로 안내 문구가 쓰여 있었다. 안내 문구에 따라 종이컵으로 사료를 주자마자 그 강아지는 후딱 먹어치웠다. 간식까지 먹이고 나니 갑자기 인터폰이 울렸다. 나는 처음 들어보는 인터폰 소리에 당황해서 강아지를 안은 채 급하게 거실로 뛰어내려 갔다. 인터폰 위치도 잘 모르는 나는 한참 뒤에 현관 옆 커다란 화분 위에 있는 인터폰을 발견하고 수화기를 들었다.

"여보세요?"

"퇴근했구나? 넘어와!"

"예?"

"우리 집에 넘어오라고. 설명해 줄게."

옆 동으로 가기 전에 뒤돌아서 내 집 전체를 바라보니 헛웃음이 나왔다. 분명히 휑하던 아침과는 전혀 다른 근사한 집이 되어 있다. 뭔가 모르게 좀 오래된 느낌이 있기는 하지만 그래도 하나하나가 다 고급스럽고 나름 느낌이 좋았다. 마치 오래된 영화 속에 들어와 있는 느낌이었다.

다만 이 모든 걸 그냥 받기에는 너무 부담스러웠다. 나는 가서 정중하게 사양해야겠다고 마음을 먹고 옆 동으로 향했다. 나도 모르게 강아지는 내 손에 계속 들려 있었다.

"그거 주는 거 아니야."

"예?"

거절의 말을 준비하고 간 나에게 하준이 형은 또 새로운 반전을 이야기했다.

"내가 전에 살던 집에 있던 짐들이야. 전에 얘기했듯이 여기 대표 놈이 지 맘대로 집을 세팅하는 바람에 갖고 있던 짐을 다 이삿짐센터 창고에 넣어두고 있었거든. 어차피 너도 집기들 사야 하잖아. 부담 갖지 말고 그냥 써."

"아…… 예……."

주는 거라면 부담스럽다고 할 텐데, 맡기는 거라고 하니 뭐라 할 말은 없었다. 다만 내가 감사하다고 해야 하는 건지, 하준이 형이 나한테 고마워해야 하는 건지 감이 잡히지 않았다.

"저 그런데, 다 비싸 보이는 거라서 제가 쓰다가 고장이라도 내면⋯⋯."

"좀 오래된 물건들이라 그럴 수는 있는데, 너무 걱정은 하지 마. 물어내라고는 안 할 테니까. 대신 혹시라도 고장 나거나 부서지면 그냥 버리지 말고 나한테 얘기만 좀 해줘."

"옷도 가져다 놓으셨던데⋯⋯."

"야, 내가 기가 막히더라. 아니 어떻게 사람이 사계절 옷을 다 해서 스무 벌이 안 되냐?"

나는 패션에 큰 관심이 없다 보니, 마음에 드는 옷 몇 벌만 입고 다니는 편이다. 그러다 그 옷이 낡으면 버리고 비슷한 옷을 또 사서 입고 다녔다. 그래서 항상 비슷한 옷만 입고 다닌다는 소리를 자주 들었지만, 어떻게 보면 미니멀한 삶을 살고 있는 것이었다. 그나마 스무 벌이나 되는 것은 몇 번의 연애가 남겨 준 선물 덕분이다.

"내가 예전에 드라마를 한 적이 있는데 그때 쓴 의상이야. 촬영할 때 다 한 번씩만 입은 거야. 평범한 직장인 역이었거든. 그게 10년 전이긴 해도 지금 네가 입는 옷보다는 나을 거야. 부담 갖지 말고 입어. 사이즈는 내가 코디한테 대충 줄여오라고 한 거니까 그냥 입으면 돼."

우와, 내가 드라마 주인공이 된 기분이었다. 그것도 10년 전 드라마 주인공. 시간여행 중인 건가? 옷에 대해서도 어떻게 반응해야 할지 갈피를 잡지 못했다. 옷이 없는 것도 사실이고, 옷이 맘에 안 드는 것도 아니다. 심지어 나는 쇼핑을 별로 좋아하지 않는다. 그래서 드레스룸을 봤을 때, 이제 쇼핑은 안 해도 되겠다는 생각이 먼저 들었다.

"그런데 얘는 뭐예요?"

"혹시 개털 알레르기 있거나 그런 건 아니지?"

"예, 그런 건 없는데……."

"그럼 좀 길러주라. 이건 부탁 좀 할게. 내가 동물이랑 잘 못 살아. 너 출근한 동안 밥이나 똥 치우는 건 우리 애들 시켜서 관리해 줄 테니까, 어?"

"예? 기르지도 않을 개를 사신 거예요?"

"그게 아니라, 누가 그냥 좀 맡기고 간 거야. 그런데 내가 기르기도 좀 그렇고……. 부탁할게. 대신 사료든 병원비든 다 내가 책임질게. 걱정 말고……."

이 정도면 이웃사촌이 아니라 가족쯤 돼야 하는 일 아닌가 싶었다. 하루 만에 하준이 형은 자신이 살던 집의 모든 짐을 우리 집에 가져다두고, 심지어 강아지까지 맡겼다. 공짜 세간살이에 좋아할까? 상의 없이 마음대로 내 집에 물건을 맡긴 행동에 화를 내야 할까? 어린 시절부터 동경하던 형에게 고맙다고 해야 할지, 고작 며칠 전 만난 옆집 사람의 제안을 거절해야 할지 판단이 서지 않았다. 내가 어물쩍거리는 동안 하준이 형은 술을 준비하고 있었다.

"우리 아줌마가 오늘 쌀국수를 만들어 놓고 갔더라고. 너 밥 안 먹었지? 쌀국수에 소맥이나 말아서 한잔하자!"

그래, 밥이나 먹어야겠다. 배 고프다. 나도 배 고프고 형도 배가 고프다.

문득 이것도 별것 아니라는 생각이 들었다. 어차피 사기로 한 가구, 분명 중고나라를 이용했을 거다. 남이 쓰던 것을 쓰는 건 원래 생각했던 거니까. 그렇다면 품질 좋은 중고를 무료로 임대하고, 덤으로 옷도 생긴 셈 치면 된다. 강아지 기르는 건 쉽지 않겠지만, 타운하우스로 이사 올 때 개를 한 마리 길러도 좋겠다는 생각을 했었으니까……. 나에게는 다 나쁠 것 없는 조건이다.

"대신 침실에 사진은 가져가요! 그게 뭐야!"

"하하하, 오케이! 그건 나도 인정!"

내가 자는 침실에 다른 사람 사진만 걸려 있지 않다면, 크게 문제될 건 없다. 고마워할까, 화를 낼까 하는 이 문제에서 나는 고마워하기로 마음먹었다.

"저 쌀국수 좋아해요! 고수만 없으면 돼요."

"야, 무슨 소리야! 쌀국수는 무조건 고수지! 고수를 넣어야 진짜 쌀국수야!"

처음 맡아보는 고수의 향이 어색하고 이상했다. 한 번도 먹어
본 적 없는 고수가 잔뜩 들어간 쌀국수. 나는 고민하고 있다. 아
직 시도해 보지 않은 이 음식이 과연 내 입에 맞을까?

그때 앞에 있는 하준이 형이 내 삶의 고수 같다는 생각을 했
다. 지금까지는 전혀 생각도 해보지 못한 색다른 존재. 없다고
아쉬울 것도, 있어서 부러울 것도 없는 존재가 문득 내 앞에 있
다. 어색하고 불편했지만 아직 경험해 보지 않았을 뿐, 딱히 좋
고 싫음도 없다. 다만 그저 나의 선입견이 나도 모르는 고정관
념을 만들어 내고 있을 뿐이겠지.

이 모든 새로움이 싫지는 않다. 지금 내 앞에 놓인 이 수북한
고수처럼 말이다. 나는 그냥 입에 넣고, 꿀꺽, 삼켜 보기로 했다.

05

나는 항상 아침에 일어나는 게 힘들다. 나는 7시 반부터 5분 단위로 알람을 맞춰 놓지만 결국은 8시가 넘어서야 겨우 잠에서 깨곤 했다. 침대에서 뭉그적거리다가 8시가 넘었다는 것을 확인하면 나는 급하게 욕실로 뛰어들어 간다. 간단히 세수와 양치를 하고 나의 머리 상태를 확인하는데, 보통 밤에 샤워를 하기 때문에 위생 상태는 양호하지만, 밤새 뒤척이며 움직인 덕에 머리카락은 언제나 눌려 있거나 부스스하게 떠 있다. 나는 대충 물만 묻히고 나서 드라이기로 말려서 스프레이로 고정한다. 그렇게 10분 만에 욕실에서 나오면 고민할 필요도 없이 항상 입던 옷을 입는다. 대충 계절에 맞는 옷은 2벌 정도이기 때문에 무엇을 입든 큰 상관이 없다. 양말을 신고 휴대폰과 지갑을 챙겨서 가방을 들고 집을 나선다.

대부분은 아슬아슬하게 출근하느라 빈 뱃속은 보통 커피믹스 곱빼기로 채우거나, 지하철역 편의점에서 사온 우유로 때운다. 점심은 상사들 입맛에 맞춰서 내 의지와는 상관없는 음식들을 먹게 되는데, 그들의 취향은 확고해서 순대국밥, 뼈다귀해장국, 중국요리, 김치찌개를 번갈아 가며 먹는다. 저녁에는 특별한 약속이 없으면, 자주 가는 회사 근처 분식집에서 끼니를 때우거나 동네 마트에서 간단히 장을 봐서 해먹곤 했다. 사 먹든 해먹든 그리 맛있지도 새롭지도 않다. 다만 새로운 것을 찾기도 고민하기도 귀찮았을 뿐이다.

저녁을 해결한 후의 시간은 좋게 말하면 여유로웠고, 나쁘게 말하면 지루했다. 습관적으로 게임을 하거나, 아무리 돌려도 재미있는 프로그램은 나오지 않는 TV를 보거나, 다운받은 영화나 만화책을 읽곤 했다. 몇 번의 연애는 나의 삶의 패턴을 변화시키곤 했지만, 짧은 만남 뒤 이별한 후에는 어김없이 예전의 삶으로 돌아왔다. 어쩌면 다른 사람들이 보기에는 한없이 지루해 보이는 이 삶이 나의 적금을 지탱해 주었고, 지금의 타운하우스로 인도했는지 모른다.

타운하우스는 내 의도와 상관없이 내 삶의 모든 걸 바꾸어 놓았다. 도심에서 벗어나서일까? 이곳에 온 이후로 잠을 깊이 자게 되고 새벽 6시만 되면 개운하게 눈이 떠졌다. 처음에는 자는 곳이 달라져서 일시적인 것일 줄 알았지만 계속 그러다 보니 자연스럽게 아침 운동을 하게 되었다.

타운하우스 옆에는 작은 시골 마을이 있는데, 논과 밭을 조금만 지나고 나면 작은 동산이 나왔다. 아침에 가볍게 스트레칭을 하고 그 산을 갔다가 오면 왕복 40분 정도가 걸리는데, 요즘은 아침저녁으로 날이 아주 좋아서 아침 운동으로 다녀오기에는 딱 적당한 코스다. "슝이"가 생기고 나서는 아침마다 슝이 산책도 시킬 겸 같이 다니곤 한다. 그 포메라니안 이름이 "슝이"다. 사료 봉투 소리만 나면 슝~ 하고 달려와서 "슝이"라고 지었다.

그렇게 아침 운동을 하고 나면 배가 출출해지기 시작한다. 아침을 먹지 않던 버릇이 남아 밥을 먹는 것은 부담스러워서 보통 시리얼이나 전날 사놓은 빵으로 간단히 아침을 먹는다. 그러고 나서 욕실에 가서 샤워를 하고 드레스룸에 가서 옷을 골라서 입고 나와도 여유가 있다. 예전으로 치면 아직 자고 있을 시간이다. 예전보다 옷이 많아져서 옷을 고르는 시간이 좀 더 걸리기는 하지만, 하준이 형의 코디가 친절하게 상의와 하의를 다 매치해놔서 나는 세탁을 한 후에도 그대로 걸어놓는다. 세트로 선택만 하면 된다.

시원한 탄산수를 한 병 들고 차에 타서, 아침 라디오를 들으며 출근을 한다. 예전에는 별로 웃기지도 않은 예능을 보면서 출근 시간을 때우곤 했는데, 라디오에서 나오는 세상 소식들과 경쾌한 음악을 듣는 출근길은 뭔가 나의 삶이 레벨업된 기분을 느끼게 해준다.

오늘 아침에도 라디오에서 트러스트의 음악이 나왔다. 하준이 형은 정말 대단한 사람이기는 하다. 전성기가 20년도 훨씬 지난 흘러간 가수지만, 그의 음악은 아직도 라디오에서 심심치 않게 흘러나오고 있다. 라디오에서 나오는 트러스트의 음악을 듣고 있자니 내 삶이 달라진 것이 더 실감 났다.

"내가 아는 사람의 노래가 라디오에서 나온다."

내 삶의 변화는 회사 사람들이 먼저 알아챘다. 항상 부스스하게 출근하던 나의 외모는 깔끔하고 단정해졌으며, 아침부터 피곤함을 감출 수 없던 나의 표정도 많이 밝아지고 건강해졌다고 했다. 한때 내가 관심이 있었던 우리 팀 신입직원이 말을 걸어왔다.

"대리님 요즘 무슨 좋은 일 있어요? 사람이 너무 달라졌어요. 표정도 좋고, 스타일도 좋아지고. 여자친구 생겼어요?"

"아니 뭐, 꼭 그런 건 아닌데…….."

"아, 썸타시는구나. 여하튼 대리님 너무 달라져서 깜짝 놀랐어요. 꼭 다른 사람 같아요. 보기 좋아요."

나만의 착각일지는 모르겠지만 그녀의 표정에서 뭔지 모를 아쉬움이 느껴졌다. 뭔가 우쭐한 기분이 들었지만, 그보다 놀라운 건 내 변화가 남들이 알아볼 만큼 크다는 것이었다.

비록 점심은 여전히 순대국밥, 뼈다귀해장국, 중국요리, 김치찌개 중에 하나를 먹을 수밖에 없지만, 더는 저녁을 분식점에서 대충 때우지 않기로 했다. 퇴근길에는 운전하며 오늘 저녁 메뉴는 뭐가 좋을지 생각한다. 온갖 주방용품이 갖춰진 주방 덕분에 나는 뭐든지 해먹을 수 있게 되었다. 자취생활도 길었고, 원체 음식을 잘하시는 어머니 밑에 자랐기 때문에 나는 요리하는 것을 좋아하는 편이다. 그래서 메뉴가 생각나면 신호가 걸렸을 때 휴대폰으로 요리법을 검색한다. 고속도로에서 나와 집으로 향하는 길에 마트가 있는데, 주로 필요한 식재료는 그곳에 들러서 사온다. 집에 와서 씻고, 요리하고, 먹고 설거지까지 하고 나면 보통 9시가 넘지만 그래도 부담스럽지는 않다.

저녁 9시부터 나는 엄청난 음질의 진공관 오디오로 음악을 듣기도 하고, 서재에 가서 책을 골라 읽기도 한다. 서재에는 어려운 책만 있는 줄 알았는데, 맨 끝에 있는 미닫이 책장 뒤편에는 만화책도 잔뜩 있어서 다양한 독서를 할 수도 있다. 게임은 주로 콘솔 게임기로 축구게임을 하는데, 커다란 스크린을 통해서 펼쳐지는 그라운드는 내가 마치 손흥민이라도 된 듯한 기분이 든다.

나는 어느새 이 집을 200% 활용하고 있다. 마치 지금까지 내가 지루하게 살았던 것이 이 집이 없어서 그랬던 것처럼. 나는 이 집의 공간들과 채워진 것들로 새로운 삶을 만끽하고 있다. 내가 그중에서 특히 제일 좋아하는 것이 바로 불멍이다. 테라스에 설치된 작은 화덕은 모닥불 놀이를 할 수 있게 해준다. 아직은 쌀쌀한 밤공기를 따뜻하게 데워주고, 아무 생각도 하지 않고 멍하게 불을 보고 있다 보면 나의 정신이 온전히 휴식을 취하고 있다는 기분이 든다. 그래서 나는 종종 시원한 맥주 한 캔을 들고 테라스에 나가 불멍을 때리곤 한다. 근사한 캠핑 의자에 앉아 화덕에 타고 있는 모닥불을 보며 맥주를 마시면, 옆에서는 숭이가 간식을 달라고 꼬리는 흔들고 있다. 이런 나의 생활을 생각해 보면, 내가 전생에 지구를 구한 건가 하는 생각이 들기도 한다.

나는 커다란 침대에 누워 아직 떼어가지 않은 하준이 형의 대형사진을 보면서 생각했다.

'내 삶이 달라진 게, 타운하우스 때문인 건가? 아니면 저 형 때문인 걸까?'

문득 하준이 형을 만나고 내가 변하고 있다는 생각이 들었다. 실제로 내 삶에 하준이 형이 등장하기 전까지 나는 그저 커다란 타운하우스에 초라한 짐을 두고 살아가는 예전과 똑같은 사람이었기 때문이다. 나는 고마웠다. 나에게 새로운 삶을 경험하게 해준 하준이 형이. 그리고 내 삶을 한순간에 바꿔버린 이 모든 것이. 그래서 나는 저 형이 하는 저 말도 안 되는 행동들에도 어쩌지 못하고 있는 것이다.

"형! 좀! 제발!"

06

하준이 형은 한 케이블 방송사에서 음악 프로그램 MC를 맡고 있다. 관객이 있는 스튜디오 무대에서 신인 뮤지션을 소개하고 라이브 음악을 듣는 프로그램인데, 하루에 2주 치 촬영을 진행하기 때문에 격주 목요일 저녁 8시부터 12시까지 녹화 스케줄이 있다.

또 트러스트의 드러머 박민혁이 진행하는 라디오 프로그램의 매주 금요일 트러스트 전 멤버가 다 함께 출연하는 코너가 있다.

고정 스케줄은 이 두 개다. 그 이외에 각종 페스티벌 공연이나 지역 축제에는 한 달에 2~3번 꼴로 섭외가 되는 것 같다. 그 외에 매년 연말에 트러스트 콘서트가 있어서 여름부터는 1주일에 한두 번씩 콘서트 합주 연습을 한다고 한다.

내가 이렇게까지 하준이 형의 일정을 자세히 알고 있는 이유는 하준이 형이 저 일정을 제외한 모든 시간을 모두 내 집에서 보내고 있기 때문이다.

"형 여기서 뭐해요?"

친해지고 나서부터 점점 우리 집에 놀러 오는 것이 잦아지더니, 어느 날인가부터는 퇴근하고 집에 오면 하준이 형이 있었다. 처음에는 당황했지만, 너무 당연하게 자기 소파에서 음악을 듣고 휴대폰 게임을 하는 모습에 내가 이 집에 얹혀사는 건가? 하고 생각한 적도 있었다.

"형! 왜 자꾸 여기 와서 이러고 계세요? 훨씬 좋은 집 놔두고서!"

"뭔가 어색해! 역시 내가 오래 쓰던 짐들이 더 편한 거 같아."

"그럼 차라리 바꿔요! 그 가구를 저 주세요!"

"에이~ 또 그건 아니지. 팬이 선물한 건데 그걸 어떻게 남한테 막 주냐, 섭섭하게. 나 그런 사람 아니야."

"아니 그럼 어떤 사람인데요? 주인한테 말도 안 하고 남의 집에 막 들어와서 놀고 있는 그런 사람이요?"

"야, 섭섭해! 어떻게 우리가 남이냐? 내가 너한테 해준 게 얼만데."

"아까는 남이라면서요! 선물 받은 거를 어떻게 남한테 막 주느냐면서요?"

"그거야 말이 그렇다는 거지! 준호야! 너 회사에서 무슨 일 있었어? 왜 이렇게 오자마자 화를 내고 그래, 어?"

"아니, 그런 게 아니라요. 어이가 없으니까……."

"뭘 또 어이가 없어? 그냥 이웃사촌끼리 왔다 갔다 하면서 편하게 사는 거지. 너 밥 안 먹었지? 우리 아줌마가 반세오 해놨어. 너 그거 좋아하잖아. 반세오에 맥주나 한잔하자."

나는 진짜 모르겠다. 그동안 혼자 사는 것이 편해져서 누군가 내 공간에 막 들어오는 것이 싫기도 하다가, 혼자 하던 것들을 함께하는 재미가 있는 것도 사실이다. 그래서 지금의 이 상황을 강하게 거부하고 싶은 만큼 나를 불편하게 만드는 것도 아니다. 다만 이런 상황이 내가 살던 일반적인 생활과는 달라졌다는 것 정도는 안다. 그러거나 말거나 하준이 형은 유난히 이 집을 좋아하고, 마치 친구가 없는 것처럼 나하고 어울리는 것을 좋아한다. 심지어 내 친구들하고도 말이다.

"형님! 저 기억하십니까? 프라미스 3기 민석입니다!"

"모르지. 내가 어떻게 알아? 프라미스가 얼마나 많았는데…… 미안하다……."

"아! 괜찮습니다. 그냥 혹시나 했어요. 저희가 3형제라서 나름 팬클럽 사이에서도 유명했거든요!"

"아! 3형제? 그 맨날 나랑 옷 똑같이 입고, 매번 콘서트 앞쪽에 앉아서 소리 지르던! 매니저가 많이 얘기했어! 웃긴 놈들 있다고! 그게 너야? 네가 몇짼데?"

"막내요! 형님."

"그렇구나! 너희가 키도 크고 옷빨도 좋아서 매니저가 우리 무대의상도 줬다던데?"

"맞습니다. 형님 지금 입고 있는 것도 형님이 주신 옷입니다."

민석이가 우리 집에 희한한 가죽 바지에 구멍 난 체크 남방을 입고 왔길래 미쳤나 했는데, 알고 보니 하준이 형 옷이었다. 민석이는 형들에게는 절대 비밀로 하고 우리 집에 혼자 놀러 왔다. 물어보니 하준이 형과의 관계는 오로지 자기만 독점하고 싶다나 뭐라나.

일정이 없으면 항상 우리 집에 죽치고 있는 하준이 형과 하루가 멀다 하고 우리 집에 놀러 와서 자고 가는 민석이 덕분에 나는 혼자 살고 있다는 생각이 전혀 들지 않았다. 심지어 하준이 형이 트러스트 멤버들과 친한 연예인들을 불러서 집들이를 한 적이 있는데, 자기 집은 구경만 시켜주고는 내 집으로 몰려왔다.

"야, 여기는 너 예전에 살던 집이랑 똑같다. 어떻게 20년 동안 하나도 달라진 게 없냐? 많이 낡지도 않은 것 같은데?"

"저 강하준 미친 새끼가 얼마나 관리를 했겠냐?"

"그래, 오빠가 좀 강박 같은 게 있어!"

"야, 뭔 소리야!"

트러스트 멤버부터 시작해서 지금 예능에 한창 나오는 작곡가 민태영, 얼마 전에 영화에서 대박 난 이호준, 10년 넘게 같은 화장품 모델을 하는 이미나도 왔었다. 모두들 풍기는 포스가 남달랐다. 화려한 사람들 사이에 앉아 있는 나는 마치 방송국에서 나가는 길을 못 찾아 헤매는 방청객 같았다.

"근데 누구셔?"

"여기 집주인! 인사해. 다들 알지?"

"아, 알죠. 그럼요……."

"안녕하세요! 하준이랑은 어떤 관계예요? 이쪽 일하시는 분 같지는 않은데……."

"그냥 내 동생 같은 애야. 내 원래 집은 저 옆집이고, 그냥 편하게 왔다 갔다 살고 있어!"

"야! 진짜 친한 사이구나! 저놈 다른 사람들하고 같이 방 쓰고 그런 것도 병적으로 싫어하는데."

"맞아! 우리랑 공연 가도 꼭 방은 따로 잡아야 하잖아?"

"야 됐고! 준호야! 여기 있는 사람들하고도 앞으로 편하게 형 누나 하면서 지내!"

"그래! 좋다!"

"야. 그래 이번 기회에 우리 정기 모임이나 만들자. 여기 딱인데? 공기도 좋고, 집도 좋고! 우리 1주일에 한 번씩 모여서 파티 하자! 파티!"

"좋지! 난 먹을 것만 사 오면 언제든 환영이야!"

나에게 물어보지도 않고 하준이 형은 내 집에서 모임을 만들었다. 그날 이후로 그 연예인들은 참 성실히도 모임에 참석했고, 처음에는 신기하고 재미있게 느끼던 나도 조금씩 지치기 시작했다.

"준호야! 너 오늘 표정이 좀 안 좋다. 내 방에서 좀 자! 여기 있으면 다들 너무 시끄러우니까. 잠 못 잔다. 어서."

"그냥, 형들이 좀 가면 안 돼요?"

"다들 여기를 너무 좋아하잖아. 그니까 네가 그냥 내 방에서 편하게 쉬어."

유난히 몸 상태가 좋지 않던 날. 웃지도 않고 소파에 앉아서 음식을 깨작대다 보니 하준이 형이 자신의 집에 가서 자라고 했다. 솔직히 너무한 거 아니냐고 따질까도 했지만, 그럴 힘도 없어서 터벅터벅 하준이 형 집으로 갈 수밖에 없었다. 몸이 좋지 않아서 천천히 땅을 보고 걷고 있었는데, 다 와서 보니 현관문 앞에 누군가 앉아 있었다. 깜짝 놀라서 천천히 다가갔더니 내가 아는 사람이었다.

"밥 먹었어요?"

07

"밥 먹었어요?"

하준이 형의 그녀가 길가의 고양이처럼 처량하게 현관에 앉아 있었다. 내가 다가오자 고개만 든 채 무덤덤하게 물었다.

"예? 먹긴…… 먹었는데……."

"난 안 먹었는데…… 안에 밥 있어요?"

"아마 있을 거예요. 들어가 있지 왜 여기 이러고 있어요?"

"그냥, 자꾸 빈집에 들어가는 거 기분 별로라서요. 꼭 짝사랑 같잖아……."

역시 그런 관계인 건가? 하는 생각이 잠시 스치긴 했지만, 그녀의 왠지 모를 슬픈 눈빛 때문에 밥부터 먹여야겠다는 생각으로 지워졌다.

"김치찌개 괜찮아요?"

"예?"

"못 믿겠지만 맛있는 김치찌개가 있어요. 밥도 아마 있을 거고. 들어가요. 차려줄게요."

나는 대답도 듣지 않고 비밀번호를 누르고 집으로 들어갔다. 아무도 없는 집에 들어가는 느낌이 들지 않게 하려고 서둘러 불부터 켜주고 싶었기 때문이다. 그리고 나는 바로 주방으로 들어가서 냉장고에 있던 김치찌개부터 데우기 시작했다.

"꼭 본인 집 같네요?"

"예? 잘 안 들렸어요."

"아니에요……."

나는 처음에는 못 알아들었지만, 금세 무슨 이야기인 줄 알았다.

"그렇죠? 그런데 하준이 형은 더 해요. 진짜 잠자는 거 빼고는 거의 제 집에 와서 있거든요. 심지어 친구들도 막 부르고. 그러다 보니까 저도 오히려 이 집으로 도망오는 일이 많아졌어요."

"그 사람은 왜 그쪽 집에 자주 가는데요?"

"저도 그걸 잘 모르겠어요. 솔직히 이 집이 훨씬 좋거든요."

그녀는 식탁에 앉자 팔짱을 끼고 기대서 거실을 보며 이야기하고 있었다. 나는 그사이에 찌개를 데우고, 밥을 담고, 계란프라이를 했다. 나 아닌 다른 사람을 위해서 계란프라이를 한 건 처음이라, TV에서 나오는 것처럼 노른자가 톡 터지면 예쁘게 흐르는 반숙으로 만들려고 노력했다.

"들어요. 김치찌개는 내가 한 건데, 우리 어머니가 김치 하나는 잘 담그거든요. 그래서 나쁘진 않을 거예요."

"계란프라이도 있네?"

"반숙 싫어하는 건 아니죠? 너무 덜 익혔나?"

"좋아해요. 꼭 모형 같네요."

"어서 먹어요. 배고프겠다. 아! 김도 있다. 잠시만요."

그녀는 조용히 밥을 먹기 시작했다. 맛이 있다 없다 말을 하진 않았지만, 내가 차려준 밥과 계란프라이 두 개, 김과 찌개까지 남김없이 먹은 걸 보니 입에는 맞았던 것 같다. 다만 너무 싹 비운 그릇을 보니 뭔가 안쓰러웠다. 마치 허기보다는 다른 것을 채우고 싶었던 것 같다는 생각이 들었다.

"지금까지 밥도 안 먹고 뭐 했어요?"

"그냥 어쩌다 보니…… 아! 잘 먹었어요. 아주 맛있었어요."

"다행이네요. 커피라도 줄까요?"

"아뇨. 지금 먹으면 잠을 못 자요. 어차피 못 자겠지만……."

"그럼 주스 줄게요. 기다려 봐요."

나는 냉장고에 있는 작은 병 음료를 꺼내 유리잔에 따라 건넸다. 그녀는 나의 행동을 유심히 지켜보고 있었다.

"왜요? 컵에 뭐 묻어 있어요?

"아니에요. 고맙습니다."

"제 것도 아닌데요, 뭘."

"여기 산 지 오래됐어요?"

"아니요. 여기가 지어진 지도 얼마 안 됐잖아요. 저는 한 세 달 됐어요."

"이런 데 많이 비싸지 않아요?"

뭔가 이 질문은 의외였다. 내가 느끼는 그녀는 아직 20대 초반이지만, 부유한 환경에서 아주 풍족하게 자랐을 것으로 생각했기 때문이다. 그것은 그녀가 꾸미고 있는 외모보다는 그녀가 풍기는 분위기였다. 그런 그녀가 마치 내가 큰 부자라도 되는 것처럼 물어보는 게 좀 어색했다.

"비싸죠, 저 같은 평범한 직장인이 살기에는. 근데 제가 지금 직장생활을 한 지 만으로 8년 됐거든요. 정말 8년 동안 열심히 돈만 모았어요. 첫 월급이 200만 원이었는데, 그때 200만 원짜리 적금을 들었어요. 생활은 알바로 모아놓은 돈을 쓰고요. 그렇게 3년을 모아서 8000만 원짜리 전세 오피스텔에 들어갔고요. 그때부터 300만 원짜리 적금을 5년 모아서 나머지 돈이 생긴 거예요. 물론 지금까지 모은 돈보다 앞으로 갚아야 할 돈이 더 많지만, 그래도 전 여기서 평생 살 생각으로 들어왔으니까. 이제는 좀 천천히 갚아보려고 생각 중이에요. 좀 구질구질하죠?"

"아뇨. 멋있는데요."

"그래요? 다행이다. 실은 이 집 계약하기 전에 저도 외제차 한 번 타볼까 하고 계약했다가 취소하고 여기 온 거거든요."

"잘했어요. 수입차보다 이게 훨씬 멋있어요. 아무런 도움도 받지 않고, 혼자 이런 집을 살 수 있는 거. 난 아직 아무것도 못 하고 있는데……."

문득 그녀가 지금 뭔가 고민이 많다는 것이 느껴졌다.

"지금 몇 살인데요?"

"스물네 살이요."

"나랑 딱 10년 차이 나는구나. 난 내가 멋있게 살았다고 생각하지 않아요. 오히려 너무 후회되는 것 투성이지. 나는 너무 재미없게 살았거든요. 항상 주어진 상황에서 최선을 다하고 성실하게는 살아왔지만, 그 성실함을 핑계로 나는 너무 심심하게 살았어요. 수업 째고 술 마시는 것도 못 해봤고, 흔한 해외여행도 한 번 못 가봤고요. 돈을 벌면서도 낭비 한 번 안 해봤거든요. 그니까 통장에 돈은 모여도, 기억에 남는 게 별로 없어요."

"내 맘대로 사는 것도 마냥 재미있지만은 않아요. 그것도 그 나름대로 너무 허무해. 노는 것도, 사고 치는 것도, 금방 질려요. 남아 있는 기억이라는 것도 다 거기서 거기고, 심지어 뭔가 꿈을 꾸는 것도 나 혼자 할 수 있는 게 아니면 얼마나 답답한데요. 나는 지금 나 혼자 할 수 있는 게 아무것도 없어요……."

나는 예상치 못했던 대화 주제에 조금 당황하기는 했지만, 그래도 그저 생각나는 대로 말을 하고 있었다.

"나도 혼자 한 게 없어요. 내가 8년 동안 이만큼 돈을 모을 수 있었던 건 결국 다 주변 사람들이 도와준 거죠. 집에서 먹는 음식 대부분은 어머니가 주신 거고요. 가끔 친구들이랑 모여도 나한테 쏘라는 말을 안 해요. 내가 어떻게 사는지를 아니까. 심지어 제 집에 채워 있는 가구도 전부 다 하준이 형이 빌려준 것들뿐이에요. 혼자 할 수 있는 거 저도 없어요. 나는 오히려 그 나이에 그런 고민을 가지고 있는 것 자체가 부러운데? 난 진짜 하고 싶은 게 없어서 돈만 모은 거거든요."

"하나도 위로가 안 돼. 그래 봤자 그쪽은 이미 내 나이를 지나갔고, 혼자 무엇인가를 이뤘고, 그리고…… 그리고……."

그녀는 무언가를 말하고 싶어 하는 듯했지만, 무엇을 말해야 하는지 모르는 것 같았다.

"어차피 시간은 흘러요. 그 시간에 무엇을 채워 갈지는 각자의 선택이고. 난 뭘 채워야 할지도 몰랐고 뭘 채우고 싶은지도 몰랐어요. 그래서 그냥 할 수 있는 걸 했어요. 그러니까 돈은 좀 남았지만, 아무런 추억도 없는 거죠."

문득 지금 그녀가 이런 말을 왜 하는지가 궁금해졌다.

"혹시 지금 좀 힘든 일이 있어요? 답답하거나?"

"예……."

"나는 그 나이 때 힘들지 않았어요. 바라는 게 없었으니까. 그 나이에 힘들다는 것은 무언가 원하는 게 있다는 거잖아요. 그때는 그것만으로도 충분한 거예요."

"꼰대 같아."

"아…… 미안해요……."

우리는 한동안 말이 없었다. 나는 내가 누군가에게 조언을 하고 있다는 사실을 신기해하고 있었고, 그녀는 어떤 생각을 하고 있는지 알 수 없었다. 다만 아까보다는 좀 편해 보였다. 우리는 그냥 서로 말하지 않고 대화하는 기분이었다.

"나는 강하준을 아주 많이 싫어해요……."

"아…… 예……."

"아마 그쪽이 생각하는 것보다 훨씬 더 싫어할 거예요. 그래서 평생 이 사람을 저주하면서 살아야지 했어요."

그녀의 목소리가 미세하기 떨리기 시작했다.

"그래서 그 사람을 더 많이 싫어하고 더 많이 저주하려고 강하준에 대해 찾아보고 찾아보는데, 그러면 그럴수록 그 사람의 음악이 너무 좋은 거예요. 정말 짜증 나게……."

"하……."

나는 내 예상과는 전혀 다르게 진행되는 전개에 나도 모르게 헛웃음이 나왔다.

"웃을 일이 아니에요. 나는 그 사람을 싫어하는데, 더 싫어해야 하는데, 그 사람의 음악을 들으면 들을수록 나도 모르게 빠져들고 있다고요."

"뭐…… 트러스트 음악이 좋긴 하죠. 저도 학창 시절 내내 그 것만 들었으니까……."

"거봐요. 그래서 더 짜증이 나요. 그 사람 음악을 비웃을 수 없는 게, 나는 그렇게 못한다는 게…… 진짜 미치도록 짜증이 나요. 내가 더 좋은 노래를 만들고 싶은데, 내가 더 노래를 잘하고 싶은데, 그러지 못한다는 게. 심지어 이제 나이가 어리다는 핑계를 댈 수 있는 시간도 얼마 남지 않았어요. 그 사람 스물다섯 살에 데뷔했거든요. 그 엄청난 앨범을 만들어서……."

"아…… 가수구나……."

"아니에요!"

그녀가 갑자기 버럭 소리를 질렀다.

"가수 아니에요. 전 아직 가수가 되지도 못했다고요!"

그렇게 그녀는 내 앞에서 한참을 울었다. 내가 원래 이 집에 온 것은 내 몸이 좋지 않아서였다. 그런데 그 이유는 까맣게 잊은 채 나는 그녀에게 밥을 차려주고, 고민을 들어주고, 눈물을 닦아주고 있었다. 식탁 건너편에서 티슈를 건네주기 위해 옆자리로 이동했을 때, 갑자기 현관문 소리가 났다.

"어?"

나는 순간, 이 상황이 이상하다는 것을 알았다. 내가 생각했던 관계건 아니건 간에 이건 뭔가 오해의 소지가 너무 많은 상황이었다. 하지만, 내가 무엇인가를 하기도 전에 이미 하준이 형은 내 눈앞에 서 있었다.

　"형님……."

08

"형님."

"너 이 새끼."

"형님, 그게요……, 그러니까."

하준이 형이 신발도 벗지 않은 채 뛰어 들어와서 내 멱살을 잡았다. 나는 살면서 누군가에게 멱살을 잡힐 만큼 격렬하게 살아본 적이 없었기 때문에 이 상황 자체가 너무 당황스러웠다. 하준이 형의 눈은 실핏줄이 터질 것처럼 붉어져 있었고, 나는 이 상황을 제대로 설명하지 못하고 있었다.

"너 이 새끼."

하준이 형은 얼마나 화가 났는지, 멱살을 잡고 나를 노려보며 계속 같은 말만 반복했다. 나보다 키가 한참이나 큰 하준이 형이 있는 힘껏 나를 들어 올리고 있었기 때문에 나는 까치발로 서 있었고, 점점 숨이 막혀서 얼굴이 빨개지고 있었다.

"그만 좀 해!"

점점 숨이 막혀와서 힘들어져 가고 있을 때, 집안을 가득 채우는 까랑까랑한 목소리가 들렸다. 그녀가 하준이 형에게 소리를 지르는 바람에 하준이 형의 힘은 좀 빠졌고, 나는 겨우 숨통이 트였다. 다만, 하준이 형은 내 멱살을 놓지 않았다. 그녀를 바라보는 하준이 형의 눈빛은 여전히 충혈돼 있었지만, 묘하게 슬퍼 보이며 떨리고 있었다.

"그만하라고."

"너…… 너……."

"그만해."

그녀가 세 번째 말하자 하준이 형은 내 멱살을 놨다. 그리고 조금 진정이 된 상태로 그녀를 바라보고 있었다.

"이게 무슨 상황이야? 니들이 왜 여기서 이러고 있어?"

"형님 그게요…… 그러니까……."

"제가 말할게요."

이 상황에 무엇인가 해야 되겠다고 생각한 나는 최대한 대수롭지 않게 이야기하기 위해 입을 뗐지만, 그녀에 의해 저지되었다. 하준이 형과 그녀는 나를 전혀 바라보지 않은 채 마주 보며 한동안 말이 없었다.

"나 여기 오면 안 돼?"

"아니."

"그럼 나 여기서 밥 먹으면 안 돼?"

"아니."

"그런데 왜 그래?"

"그게…… 네가 저 자식이랑."

"나 밥 차려 줬어."

"……."

"찌개도 끓여주고, 밥도 주고, 계란프라이도 해주고."

"……."

"냉장고에 있는 주스도 예쁘게 잔에 담아주는데……."

"……."

"아빠 같더라……."

아빠? 아빠라고? 나는 내 귀를 의심했다. 그녀와 내가 나이 차이가 많은 건 맞지만, 아무리 그렇다고 해도 하준이 형도 아닌 내가 아빠 같았다니…….

"아빠 같았어. 밥도 차려주고, 주스도 컵에 따라주고, 내 얘기도 들어주고, 꼰대 같은 충고도 해주고. 그런데! 그게 다야. 그러니까 오버하지 마."

"야…… 너."

그녀가 말하는 동안 하준이 형은 단 한마디도 제대로 말하지 못했다. 나 역시 숨소리마저 죽이고, 가구처럼 서 있었을 뿐이었다. 길게만 느껴진 시간이 지나고 그녀는 자신의 가방과 옷을 챙겨서 현관으로 향했다.

"오늘 맛있었어요. 고마웠고요…….

"아…… 예…….

"근데 이름이 뭐예요?"

"아…… 그게…….

나는 나도 모르게 하준이 형의 눈치를 보고 있었다. 그런 상황을 눈치챈 그녀는 다그치지 않았다.

"저는 하루예요, 이하루. 다음에 또 봐요."

그녀는 그렇게 이 집에서 사라졌고, 그곳에 멍하게 서 있는 하준이 형과 남겨진 나는 뭘 어떻게 해야 할지 도무지 알 수가 없었다. 나는 한동안 이러지도 저러지도 못한 채 안절부절못하고 있었고, 멍하게 서 있던 하준이 형은 넋이 나간 듯, 소파에 가서 앉았다. 나도 무언가 이야기는 해야 할 것 같아서 건너편 소파에 앉았다.

"몸은 괜찮아?"

정신을 좀 차린 하준형이 나에게 물었다.

"아…… 예…….

"아까는 내가 미안했다. 괜히 흥분했어."

"아…… 아니에요…….

조금 차분해진 하준이 형은 여전히 슬퍼 보이는 눈빛을 하고 있었다. 분명히 둘이 무슨 사연이 있는 것 같긴 한데, 쉽게 물어볼 수 있는 분위기가 아니었다.

　"하루, 밥 챙겨줘서 고마워."

　"아니에요. 왔는데 배고프다고 해서……."

　"혹시 나 없는데 하루가 와서 또 배고프다고 하면 그때도 부탁해."

　"예? 아 예……, 그럼요."

　그때 갑자기 현관문으로 민석이가 들어왔다. 아마도 그녀가 나갈 때 문을 닫지 않고 나간 것 같다.

　"형님! 뭐 하세요? 다들 찾고 난리예요!"

　"야! 너는 언제 왔냐?"

　"아까. 형님 뭐하세요? 빨리 가시죠!"

　"그래, 가자. 오늘 죽도록 마셔 보자!"

　갑자기 기운을 업시킨 하준이 형은 자리에서 벌떡 일어나 현관으로 걸어갔다. 나는 그냥 소파에 앉아 있었다.

　"야! 넌 뭐해? 가자!"

　"어…… 어……."

　그날은 유난히 술자리가 늦게까지 이어졌다. 사람들은 오늘 분위기 탔다며 온갖 술은 다 꺼내놓고 마시기 시작했다. 나는 내 집이지만 이렇게 많은 술이 있는 줄 처음 알았고, 주말도 아닌 평일 새벽 2시가 넘어서까지, 그 술자리는 이어지고 있었다. 하준이 형은 정말 아무 일도 없다는 듯이 사람들과 어울러 즐겁게 술을 마셨고, 평소와 다른 점은 그저 술을 더 많이 마시고 있다는 것뿐이었다. 3시가 넘어서자 사람들은 하나둘씩 어딘가로 사라지기 시작했고, 하준이 형은 기다란 소파에 엎드려 잠들어 버렸다. 어쩌다 보니 미나누나와 나만 거실에 남아 있었다.

"술 잘 마시네?"

"아니에요. 전 늦게 마시기 시작했잖아요."

"말 편하게 하라니까. 이제 다 친구지, 뭐."

"아…… 전 아직 다들 연예인들 같아요. 아직도 신기하고."

"연예인이 별거야? 어차피 다 같은 사람이야."

"예. 조금 더 편해지면요……."

"그래, 뭐. 그건 네가 알아서 해. 근데 신기해."

"뭐가요?"

"강하준."

"예?"

"원래 예민하고 까칠하기로 유명하거든. 물론 옛날 얘기지. 나이 들고 좀 편해진 건 사실이지만, 그래도 너처럼 편하게 대하는 사람은 처음이야."

"아, 그래요?"

"어쩌면……."

"예?"

"어쩌면 너한테 자기 과거를 보는지도 모르지."

"저한테요?"

"응. 강하준 평범했거든. 그냥 평범한 대학생이었어. 학교 다니고, 맨날 수업 째고 술 마시고, 잔디밭에서 기타나 치고. 어느 학교나 있던 평범하던 게으른 대학생이었는데, 우연히 축제 공연에서 부른 자작곡이 빵 뜬 거지. 그때까지는 지가 특별한지도 모르고 살던 놈이야. 그런데 그렇게 갑자기 스타가 되니까. 정말 모든 게 달라져 버린 거고……."

"에이…… 그래도 저 외모가 그렇게 평범할 수는 없잖아요."

"너 나 처음 봤을 때 기억나?"

"예? 아…… 그럼요……."

"너 나한테 말도 못 걸었어. 놀라서. 악수하자는데 손을 부들부들 떨질 않나. 내가 접시 하나 달라니까 깨 먹질 않나."

"아…… 그랬죠?"

"원래 그래 우리가. TV에서만 보고, 잘 꾸며진 모습만 보니까 환상이라는 게 생겨서 그렇지. 아무리 특별해 보이는 사람도 매일 옆에서 자주 보면 그냥 평범해. 강하준도 그랬겠지. 물론 키도 크고, 잘 생기고, 옷도 잘 입고, 노래도 잘했지만, 친구들 사이에서는 그냥 친구지. 뭐. 다 그렇게 살았던 거야. 지도 지가 얼마나 대단한지도 모르고……."

"재수 없네요."

"그치? 나랑은 달라. 나는 알았거든, 나 예쁜 거. 원래 꿈도 미스코리아였어. 크면서 점점 더 예뻐지길래 당연히 연예인이 될 줄 알았고, 근데 쟤는 그걸 모른 거야……."

"근데 하준이 형이 나이 더 많지 않아요?"

"야! 자는데 뭐 어때. 여튼, 그래서 네가 지 과거 같은 거일지도 몰라. 내가 보기에는 그래. 나 이 집 처음 왔을 때 제일 놀랐던 게 뭔 줄 알아? 구조는 좀 달라도 내가 쟤 처음 집 샀다고 집들이 갔을 때랑 똑같은 거야. 인테리어랑 분위기가 완전. 그때가 언젠데. 저 꽃병도 그때 내가 사준 거라고……."

"처음 집들이요?"

"그래. 지가 처음 돈 벌어서 결혼한다고 잔뜩 꾸몄던 첫 집.

강하준은 아직도 그 집에 사나 봐. 그 시절에 뭘 두고 왔는지 모르지만 못 나오고 있는 건 확실해. 얼마 살지도 않았으면서. 그렇게 금방 이혼해 버릴 줄 알았으면……. 아 됐다."

미나 누나는 곧 피곤하다며 자연스럽게 내 침실로 올라가서 잠이 들었다. 나는 거실에 나뒹구는 술병이며, 쓰레기들을 좀 정리하고 자야겠다고 생각했다. 집을 정리하다가 문득 거실 풍경 전체를 다시 보게 되었다.

"이게 하준이 형의 첫 집이었구나……."

뭔지는 모르지만 하준이 형이 그 시절에 갇혀 있는 거라면, 그

동안의 행동이 이해가 가기 시작했다. 버리지 못하고 담아둔 짐들. 이 집으로 옮겨놓고 매일 찾아왔던 것들. 심지어 오래된 친구들을 자꾸 부르는 것까지. 하준이 형은 내 집을 통해서 혼자 시간여행을 하고 있다는 생각이 들었다. 갑자기 그 과거 속에 있는 하준이 형이 조금 궁금해지기 시작했다.

09

술자리를 대충 정리하고 내가 잘 수 있는 공간을 찾아서 잠자리에 든 시간은 새벽 4시가 넘어서였다. 술을 많이 마신 건 아니지만, 어젯밤에 겪었던 다양한 일과 내 머릿속을 맴도는 여러 가지 이야기가 내 잠을 방해했다. 내일 출근하려면 빨리 자야하는데, 온갖 생각이 머릿속을 떠나지 않았다.

나는 문득 서랍 안에 트러스트의 CD가 있다는 게 생각났다. 물론 그저 음악이 듣고 싶었다면 핸드폰으로 얼마든지 들을 수 있었겠지만, 왠지 내가 처음 듣던 시절의 느낌으로 들어야만 궁금한 게 풀릴 것 같다는 생각이 들었다. 나는 서재로 가서 서랍에 있는 트러스트의 CD들을 꺼냈다.

"이게 아직 될까?"

CD와 함께 있던 오래된 CDP를 꺼내서 열어보았다. 먼지가 좀 쌓여 있기는 하지만 왠지 될 것 같았다. 서랍에서 건전지를 꺼내 CDP에 넣고 전원 버튼을 누르자 다행히 불이 들어왔다. 나는 트러스트의 1집 CD를 넣고 플레이 버튼을 눌렀다.

아무도 없는 푸르른 새벽.
거리에 나와
누군지 모르는 누군가를
기다리고 있다.
매일 같은 시간
난 기다리고 있지만
이미 네가 지나쳤는지도 모른다.
나도 모르게.

수없이 들었던 트러스트 1집의 인트로 음악이 나오기 시작했다. 조금은 몽환적인 음악에 낮게 깔리는 하준이 형의 목소리는 조금 촌스럽고 오글거리는 내레이션과 잘 어울렸다. 1분도 안 되는 인트로가 끝나고 일렉기타 사운드로 시작하는 2번 트랙의 노래가 나왔다.

세상 속에 홀로 남겨진 듯
모르는 길을 하루 종일 헤매다
노을 지는 작은 언덕길.
낮은 계단에 앉아
너를 기다린 건가.

조금씩 커져가는 너의 모습.
나에게 다가오는 너의 발걸음.
길게 늘어진 그림자만큼
커버린 네가 나에게 오네

Nothing's for sure.
나의 모든 삶은
Nothing's for sure.
모두 혼란스러워
Nothing's for sure.
오직 너만이 오직 나에게

Nothing's for sure.
난 항상 흔들리고
Nothing's for sure.

난 언제나 불안해
Nothing's for sure.
내 곁에 머물러줘
Nothing's for sure.
Nothing's for sure.

술에 취해 밤거릴 거닐듯
파도 타듯 세상 속을 아슬아슬
새벽이 지나가는 거리.
가로수에 등지고 기대
너를 또 기다리나

조금씩 선명해지는 네 모습.
조금도 흔들리지 않는 발걸음
어느새 꽉 차 버린 달처럼
차오른 네가 나에게 오네

Nothing's for sure.
나의 모든 삶은
Nothing's for sure.
모두 혼란스러워

Nothing's for sure.
오직 너만이 오직 나에게

Nothing's for sure.
난 항상 흔들리고
Nothing's for sure.
난 언제나 불안해
Nothing's for sure.
내 곁에 머물러줘
Nothing's for sure.
Nothing's for sure.

1집 타이틀곡 [Nothing's for sure]다. 천 번쯤은 들었고, 지금도 라디오에서 심심치 않게 나오는 노래다. 미나 누나가 말했던 하준이 형이 대학 축제 때 불렀다가 유명해진 노래다. 항상 불안하기만 한 20대 초반의 하준이 형이 당시의 여자친구를 만나면서 느꼈던 감정을 노래로 만든 것이라고 한다.

나는 오랜만에 트러스트 1집을 인트로부터 마지막 곡까지 다 들었다. 음악을 들으며 CD의 가사집을 읽었는데, 지금 보기에는 촌스럽고 허세스러운 사진과 문구들이 가득했지만 그럼에도 불구하고 솔직하고 담백한 20대 초반 시절 하준이 형의 고민과

사랑이 가득 담겨 있었다.

강하준 : "Special Thanks to DJ."

기억이 떠올랐다. 단기간에 100만 장이 넘게 팔린 이 앨범에 아주 시크하게 적혀 있던 한 줄. 다른 멤버들은 모두 데뷔를 위해 도와준 스텝들이나 사랑하는 가족들에게 메시지를 남겼지만, 하준이 형은 저 한 줄이 다였다. 당시 수많은 언론도 궁금해했고, 팬들 사이에서도 논란이 있었던 DJ. 누군가는 트러스트의 노래 좋아하던 한 DJ가 트러스트의 노래를 줄기차게 라디오에서 틀어주었기 때문에 앨범이 나올 수 있게 된 거라서 그 DJ를 향한 감사의 표현이라고 말한 사람도 있었고, 그냥 라디오 DJ와 열애 중이라는 소문도 있었다. 그 당시 신인배우로 인기를 끌기 시작하던 이미나도 잠깐 라디오 DJ를 하던 시기였기 때문에 하준이 형과 스캔들이 났던 것으로 기억나는데, 자신이 직접 아니라고 해명해서 그냥 지나갔던 것으로 기억난다.

중요한 것은 그 이후에 각종 인터뷰에서 리포터들과 기자들이 하준이 형에게 DJ에 대한 질문을 한 것 같지만, 하준이 형은 모두 웃으며 넘길 뿐 대답하지 않았던 기억이 있다.

그러던 사이에 하준이 형은 어느 날 비밀스럽게 결혼식을 마친 후에 갑자기 혼인신고 소식만 기자회견을 통해 밝혔다. 당대

최고의 신예스타의 갑작스러운 결혼과 채 1년도 지나지 않아 들려온 이혼 소식은 온 나라를 떠들썩하게 만들었고, 이혼 기사가 나온 지 3개월 만에 발매된 트러스트 2집에는 슬픔과 후회만이 가득 채워져 있었다.

통통 부어오른 두 눈이
나의 밤을 말하지
밤새 네 생각에
눈물 흘리고
티슈 한 통을 다 쓰고서야
잠이 들어서
네가 없는 지금 나의 방은
하얗게 됐어

아무리 버려도 다시 떠올라
날 더 아프고 힘들게 만들어
얼마나 남았는지 그냥 하염없이
이 자리에 울고만 있어

아무리 비워도 다시 차올라
날 더 아프고 힘들게 만들어

타운하우스

얼마나 남았는지 그냥 하염없이
이 자리에 멍하게 있어

점점 야위어 가는 내 볼이
내 하루를 말하지
내내 아무것도 먹지 못하고
겨우 물 한 병을 마시고야
잠이 들어서
네가 없는 지금 나의 방은
텅텅 비었어

아무리 버려도 다시 떠올라
날 더 아프고 힘들게 만들어
얼마나 남았는지 그냥 하염없이
이 자리에 울고만 있어

아무리 비워도 다시 차올라
날 더 아프고 힘들게 만들어
얼마나 남았는지 그냥 하염없이
이 자리에 멍하게 있어

2집 CD를 찾아 [티슈]까지 듣고 나니 하준이 형이 뭔가 짠하게 느껴졌다. 마음 같아서는 2집도 마지막 트랙까지 모두 듣고 싶었지만, 슬슬 출근을 준비해야 하는 시간이었다. [티슈]까지만 듣고 CDP를 끄면서 2집 가사집 마지막 장을 펴봤다.

강하준 : "Special Thanks to DJ."

여전히 같은 문장이 남겨져 있다. 2집 역시 150만 장을 넘게 팔린 대히트 앨범이었지만, 더 이상 아무도 DJ의 존재에 관심을 두지 않았다. 하준이 형은 2집으로 활동하는 내내 아무 말 없이 노래만 했었고, 인터뷰도 예능도 하지 않았기 때문이다. 심지어 민식이 형의 말에 따르면 2집 활동 때는 콘서트에서조차 말없이 노래만 했다고 한다. 그래서 팬들도 그 기간에는 암묵적으로 말을 걸지도 사인을 요청하지도 않았다고 한다.

나는 출근을 하면서 라디오 대신 트러스트 2집을 마저 들었다. 다행히 내 차에는 CDP가 있었고, 이번 기회에 서랍에 있던 트러스트 앨범들을 차로 옮겨 놓게 되었다. 2집을 다 들었을 때쯤 나는 회사에 도착했고, 어제 잠을 한숨도 자지 못했지만, 마치 무언가에 홀린 듯 무표정하게 일을 하고 있었다. 그리고 퇴근 시간이 다 되어 갈 때쯤 문득 민석이를 좀 만나야겠다는 생각이 들었다.

"어디야?"

"나……?"

"어."

"너네 집."

"뭐?"

"미나 누나랑 해장해."

"출근 안 했냐?"

"형한테 전화했지."

형들이 하는 회사에서 일하는 이놈은 출퇴근이 정말 지 맘대로였다. 가끔 이런 놈이랑 일하는 형들이 이해되지는 않았지만, 형들 말에 따르면 그래도 지 밥벌이는 확실히 하고 있어서 그냥 둔다고 했다. 집 정리는 대충 했지만, 자고 있던 사람들은 굳이 깨우지 않고 나왔는데, 아직도 내 집에 있을 줄은 꿈에도 몰랐다.

"야, 나 지금 가니까 기다려."

"어, 안 그래도 너 오면 2차 하자고 누나가 술 사 왔어!"

어쩌면 잘됐다고 생각했다. 하준이 형에 대해 궁금해진 상황에서 하준이 형에 대해 가장 잘 아는 두 사람이 함께 있는 것이기 때문이다. 나는 서둘러 퇴근 준비를 하고 차에 탔다. 자연스럽게 트러스트 3집을 틀었는데, 퇴근 시간과 어울리는 외로움과 그리움이 흘러나오기 시작했다.

아픔은 쉽게 익숙해지지 않아.
괜찮아졌다고 생각했지만
어느새 다시 자라나.
아무 일도 아닌 듯 모르는 척
잊은 듯 살아보려 해도
아픔은 결코 익숙해지지 않아.

I wish I could be anesthetized.
My wounds, my pain, my memories, my heart.
I'd rather not feel anything.
So no one can hurt me.

누구나 자기만의 아픔은 안고 살아.
아무리 깊은 곳에 넣어두었어도
한순간 불쑥 나타나
담담하게 별거 아닌 것처럼
지운 듯 살아보려 해도
아픔은 결국 내게서 떠나지 않아.

타운하우스

I wish I could be anesthetized.

My wounds, my pain, my memories, my heart.

I'd rather not feel anything.

So no one can hurt me.

내 기억에 끝까지 남은 모든 아픔을.

나조차 모르게 감춰둘 수 있다면,

언젠가 다시 또 깨어날지 몰라도

오늘 밤, 이 순간. 모든 걸 감출 수만 있다면

I wish I could be anesthetized.

My wounds, my pain, my memories, my heart.

I'd rather not feel anything.

So no one can hurt me.

감출 수 있다면, 숨길 수 있다면,

잠시라도 잊혀질 수 있다면,

아무 일 아닌 듯, 아무 일 없는 듯

잠시라도 다시 돌아갈 수 있다면

I wish I could be anesthetized.

My wounds, my pain, my memories, my heart.

I'd rather not feel anything.

So no one can hurt me.

　난 트러스트 3집 타이틀곡 [Anesthesia]를 세 번째 듣고 있었다.

10

　집에 들어서자 거실에서 민석이와 미나 누나가 중국요리를 시켜놓고 소주를 마시고 있는 모습이 보였다. 어제 그렇게 많은 술을 마시고, 또다시 저 소주를 마실 수 있다는 사실이 신기하기만 했다.

　"다 식어서 새로 시켜놨어! 굴짬뽕 괜찮지?"

　"아 예, 감사합니다……."

　"야, 넌 말 좀 놓으라니까."

　소주를 한잔 들이키고 짬뽕 국물을 떠먹던 민석이가 괜히 한마디 거든다.

　"알았어."

　"저…… 옷 좀 갈아 있고 올게……요."

나는 반말보다 더 어색한 존댓말로 미나 누나에게 대답하고 옷방으로 향했다. 편한 옷으로 갈아입고 내려오자 굴짬뽕이 와 있었다. 국물을 한 숟가락 떠먹으니 뭔가 해장이 되는 기분이 들기는 했다.

"아, 좋다."

나는 속이 좀 안 좋아서 점심까지 굶은 상태였기 때문에 뜨끈 뜨끈한 굴짬뽕 국물이 내 속을 아주 편안하고 든든하게 해주었 다. 나는 첫 한 숟가락을 먹은 이후에 말도 한마디 하지 않고 열 심히 한 그릇을 비워냈다.

"너 뭐 물어볼 거 있지?"

미나 누나는 내가 굴짬뽕을 거의 비워내자 툭 던지듯 질문을 했다.

"저…… 그게…… 별거는 아니고요. 제가 하준이 형이랑 우연 히 친해져서 이렇게 저렇게 도움도 받고 친하게 살고 있기는 한 데, 제가 하준이 형에 대해 너무 아는 게 없어서요……."

"어제 내가 좀 말해주지 않았어?"

"맞아요. 듣고 나니까 더 궁금해져서요……."

"야! 너는 팬이라는 자식이 아직도 하준이 형에 대해서 궁금 한 게 남았냐?"

"너나 팬이었지! 솔직히 나는 음악만 좋아해서 나머지는 관심 도 없었어!"

"그래, 뭐 대단한 비밀이라고. 어제 어디까지 얘기했지?"

"이혼까지요."

"그럼 그게 단데? 그 뒤론 나도 아는 게 없어. 몰래 결혼하고 금방 이혼하고, 나도 그쯤 결혼해서 연락 끊겼거든. 그 뒷이야기는 그냥 트러스트 음악에 다 있잖아. 1집은 다 사랑 얘기고, 2집은 다 이별 얘기고, 3집은 외롭다 징징대고, 4집에서 똥폼 잡다가 5집은 못 나온 거잖아. 뭐가 더 없어."

"그럼 그 뒤에 뭐 연애도 다시 안 한 거예요? 찾아보니까 스캔들도 없던데……."

"그 소갈머리에 누굴 다시 만날 리가 없지."

"누나가 주변에서 다 막은 건 아니고요?"

민석이가 술을 한잔 들이키고 농담처럼 던진 말에 미나 누나의 표정이 굳어졌다. 순간 공간이 얼어붙어 버린 기분이었고, 숨도 쉴 수 없었다.

"막진 않았어. 그냥 내 자리가 없었지."

순간 미나 누나가 억지로 웃으며 대답을 했다. 그러고는 술을 한잔 들이켰다.

"야, 그래. 내가 좀 좋아했다. 그럼 뭐하냐? 내가 좋아한다는 거 알았을 때는 이미 다른 여자만 보고 있을 때였고, 그 여자랑 결혼도 했다길래 나도 포기하고 그냥 결혼이나 했더니, 홀랑 이혼하고. 나도 이혼하고 돌아왔더니, 아직도 눈이든 맘이든 그 여자밖에 없는데. 내가 알고 있는 이상 강하준은 끝. 더 이상의 연애는 없어."

마음이 쓰린지 미나 누나는 말이 끝나자마자 또 술을 들이켰다.

"아닌데⋯⋯."

나도 모르게 말이 튀어나왔다.

"뭐? 아! 맞다. 아니에요. 누나. 하준이 형 만나는 사람 있어요!"

"뭐? 아니야. 무슨 말도 안 되는 소리야! 없어!"

"아니에요. 정말 어리고 정말 예쁜 여자 있어요! 전에 하준이 형 집에서 샤워도 했다고 하던데⋯⋯. 맞지? 네가 전에 그랬잖아!"

"아⋯⋯ 예⋯⋯."

순간 미나 누나의 표정이 변했다. 그리고 갑자기 자리에서 일어나서 나갔다. 순간 기분이 상해서 일어나는 미나 누나를 보면서 그녀가 하준이 형을 얼마나 좋아했는지 알 수 있었다. 그래서 나랑 민석이는 말릴 수 없었다.

"실수한 건가?"

"아마도?"

"근데 넌 뭐가 그렇게 궁금한 거야? 모르는 사람도 아니고."

"모르던 사람이지⋯⋯. 그냥 지금 옆에 살게 된 거 말고는 아는 게 없잖아."

"그래? 근데 뭐 아무것도 모르니까 문제 될 것도 없잖아."

"맞아. 그런데 그냥 뭔가 신경 쓰여."

우리는 한동안 말없이 술을 마셨다. 나는 문득 트러스트의 음악이 듣고 싶어서 트러스트 4집을 틀었다.

아무것도 안 하고
이 자리에 그대로
하루 종일 하루 종일
아주 작은 움직임도
아주 작은 움직임도
하지 않고 하지 않고

이대로 그냥 이대로
멈춰버리고 싶어
이대로 멈춰 서고 싶어
아무것도 하지 않고
이대로 그냥 이대로
멈춰버리고 싶은데

107218
아무리 가만히 있어도

이 자리에 멈춰서도

107218
난 밀려가고 있어
난 끌려가고 있어

107218
나를 그만 내버려 둬
나를 가만히 놔둬

107218
107218
107218

아무것도 아닌 거야
조금 더 빨리 가는 것도
조금 늦어지는 것도

결국, 다 우스운 거야
107218
107218

107218
아무리 가만히 있어도
이 자리에 멈춰서도

107218
난 밀려가고 있어
난 끌려가고 있어

107218
나를 그만 내버려 둬
나를 가만히 놔둬

107218
107218
107218

　지금 생각해 보면 너무 난해하기도 하고 너무 이상하기도 한 가사다. 하지만 내가 이 노래를 좋아했던 것은 내가 너무 멈춰 있던 시기여서 그랬는지 모르겠다. 너무 평범하게, 그래서 정말 심심하게 살아가던 내 삶에, 네가 아무리 가만히 있어도 지구는 너를 안고 시속 107,218Km의 속도로 태양을 돌고 있다고, 그러니 걱정하지 말라고 나한테 말하는 거 같아서. 난해하고 이상한 가사 때문에 큰 인기를 얻지는 못했지만, 아직도 내가 제일 좋아하는 노래다.

노래가 끝나자 민석이는 자연스럽게 라디오를 틀었다. 라디오에서는 마침 트러스트가 나오고 있었다.

"오늘은 첫사랑을 주제로 이야기하고 있습니다. 실은 이 첫사랑 하면 저희 트러스트 이야기를 안 할 수가 없잖아요."

"그렇죠! 솔직히 데뷔 앨범은 그 자체가 첫사랑에 대한 이야기였으니까요."

"꼭 이런 이야기를 하면 우리 하준이 형은 말이 없어집니다."

"그런데 꼭 하준이 형한테 들을 필요가 없어요. 실은 하준이 형은 첫 앨범으로 이미 모든 걸 말한 거니까요."

"그래도 한 말씀 해주셔야 하지 않겠습니까?"

순간 라디오에 공백이 생겼다. 아마도 트러스트 나머지 멤버들이 하준이 형의 눈치를 보고 있는 듯했다. 가끔 하준이 형에게 범접할 수 없는 카리스마가 뿜어져 나올 때가 있다. 아마도 지금 방송국에서는 아무도 어쩌지 못하는 상황일 것이 분명했다.

"음…… 그 이야기는."

1시간 같았던 몇 초의 시간이 흐르고 하준이 형이 말을 꺼냈다.

"음…… 그 이야기는 멤버들끼리도 안 하기로 했던 이야기인데, 이 친구들이 오늘은 좀 짓궂게 구네요. 그런데 이미 오래 지난 이야기이니까요. 그리고 이제 많이 관심들도 없으실 듯하고요……."

말없이 술을 마시던 민석이와 나는 동시에 눈이 마주쳤다.

"그래도 특별할 것 없는 이야기지만 듣고 싶으시다면, 다들 예상하시는 것처럼 저희 모든 앨범은 한 사람에 대한 이야기입니다. 뭐 그분의 이니셜이 dj고요. 우리 멤버들은 다 알겠지만 바로 제 전처이기도 합니다……."

"대박."

민석이 입에서 감탄이 흘러나왔다.

"제 삶을 바꿔버린, 정말 제가 엄청나게 사랑했던 사람이었고, 오늘의 주제처럼 제 첫사랑이었기 때문에, 제 모든 음악이 그녀일 수밖에 없었습니다. 처음에는 이렇게 가수로 살게 될지 몰랐어요. 그녀가 내 삶에 등장한 순간부터 저도 모르게 노래를 만들고 있었고, 떠나는 그 순간까지도 아니 떠난 후의 그 외로움까지도 모두 음악이 되었으니까요. 그래서 그녀가 없는 저에게 더 이상 새로운 음악은 있을 수가 없었던 겁니다."

"그래서 우리의 5집이 더 이상 나올 수 없는 거죠."

"우와! 근데 우리 이런 얘기 방송에서 한 번도 해본 적 없지 않아요?"

"제가 많이 싫어했죠……."

"그럼요. 하준 씨가 아무 말도 못 하면 우리도 아무 말도 못

하니까요."

"그럼 혹시 형이 새로운 사랑을 하게 되면 5집이 나올 수도 있는 건가요? 아까 말씀하신 것처럼 시간이 아주 오래 지났잖아요?"

"에이, 너무 갔다. 오늘은 여기까지만 하시죠."

"5집……."

잠시 또 공백이 흐르기 시작했고, 민석이와 나도 침만 삼키며 듣고 있었다.

"실은 5집 곡 작업은 다 됐어요. 얼마 전에 마지막 곡까지 다 썼거든요."

"예? 정말요?"

"왜 우리한테는 말 안 했어요? 뭐야?"

"아무도 안 물어봤으니까."

"진짜 대박이다. 그럼 우리 다시 준비해요?"

"그냥 만들어 놓기만 했어요. 발표는 글쎄요……."

"무슨 얘기예요? 그럼 저희 녹음 안 해요? 5집 해야죠!"

"맞아요. 그래도 기다리는 사람들이 아직 있는데!"

"예…… 그냥 작업만 했지. 아직 발표하고 싶은 생각은 없어요……."

"잠깐 그럼 혹시 하준이 형. 지금 연애하고 있는 거예요? 새로운 사람이 생겼으니까 앨범도 나왔을 거 아니에요?"

"우리 너무 막 나가는 거 아닙니까? 이거 우리끼리 먼저 이야기해야 하는 거 아니에요?"

"괜찮아요! 우리가 무슨 20대 아이돌도 아니고."

멤버들은 흥분했는지, 마치 어제의 술자리를 다시 보는 듯한 느낌이었다.

"우선 그만 이야기할게요. 앨범은 멤버들한테 들려드릴 수는 있는데, 아직 발표하고 싶은 마음은 없어서 뭐라고 여기서 말하기가……."

"자, 광고 나가야 한다고 하니까 우선 광고 듣고요. 트러스트 1집에 있는 두 곡 이어서 듣고 다시 오겠습니다. 저희가 할 말이 좀 많아졌거든요."

나와 민석이는 어안이 벙벙했다. 내가 팬이고 아니고를 떠나서 5집을 간절하게 기다리고 있었던 입장에서 5집을 다 준비해 놓았다는 사실도, 어쩌면 우리만 들어볼 수도 있다는 우리를 너무 놀라게 했기 때문이다. 그리고 금세 우리의 심장은 미친 듯이 뛰기 시작했다. 학창 시절 내내 트러스트의 음악을 듣던 우리에게 그들의 새로운 노래는 아주 오랫동안 기다려온 것이기 때문이다. 그때 갑자기 현관문에서 미나 누나가 뛰어들어왔다.

"진짜였어? 정말 강하준 누구 있는 거야?"

"아니 누나 그게요……. 그러니까 딱 그 사람이라고 말하기에는……."

"뭔데? 진짜 뭐가 있긴 해? 어떻게 강하준이 다시 노래를 만드냐고! 도대체 누군데!"

그때 정말 거짓말처럼 그녀가 현관문을 열고 들이닥쳤다.

"오빠! 지금 라디오 들었어요? 강하준 지금 뭐라는 거예요? 5집 앨범이라니? 오빠는 들어 봤어요?"

순간 내 집의 공기가 이상해졌다. 먼저 뛰어들어온 미나 누나도, 나중에 들어온 그녀도, 순간 서로를 어색하게 보며 아무 말도 하지 못했다. 민석이는 눈치도 없이 나를 쳐다보며 발로 툭툭 신호를 줬고, 나는 지금 이 상황을 누구한테 뭘 어떻게 설명해야 하는지 전혀 감이 잡히지 않았다. 라디오에서는 시끄러운 광고만 계속 나오고 있었다.

11

무거운 침묵을 깨고 먼저 말을 건 것은 미나 누나였다.

"동주 언니는 잘 계시지?"

나와 민석이는 서로 마주 보며 크게 놀랐다. 우리는 당연히 한 남자를 사이에 둔 치정을 예상했지만, 미나 누나는 이미 그녀를 알고 있는 것 같았기 때문이다.

"저희 엄마를 아세요?"

"똑같은데 뭐. 언니 젊었을 때랑."

"그래요? 닮았다는 말은 많이 들었지만, 그 정도일 줄은 몰랐네요……."

"똑같아. 생김새나 풍기는 분위기나……."

"엄마는 잘 계세요. 안 그래도 TV에 아줌마 나올 때마다 얘기 많이 하셨어요. 예전에 잘 챙겨 주셨다고…….”

“그래? 다행이네. 야. 근데 언니까지는 안 바랄 테니까 이모라고 불러주면 안 되니? 아줌마는 너무하잖아…….”

미나 누나가 조금 웃기 시작하니 분위기는 한결 부드러워지는 듯했다. 나는 언제 둘의 사이를 물어봐야 하나 고민을 하고 있었다. 하지만 민석이는 그런 걸 고민하는 놈이 아니었다.

“근데 누구세요? 누나랑 아는 사이예요?”

“아저씨는 누구신데요?”

“에? 아저씨?”

전혀 엉뚱한 곳으로 분위기가 흘러가는 듯해서 내가 정리를 해보기로 했다. 나만 여기 있는 모든 사람을 다 알고 있으니.

“민석이 너는 좀 가만히 있어. 두 분은 원래 아는 사이예요?”

“아니, 나도 처음 봐. 그냥 얘 엄마랑은 좀 알고 지냈지.”

“저도 얘기만 많이 들었지만, 실제로 뵌 건 처음이에요.”

“너는 얘를 어떻게 알아?”

미나 누나가 궁금한지 그녀와 나의 사이를 물었다.

“아, 저는 그러니까…….”

“제가 강하준네 왔다가 만났어요. 거의 그 집에서 살더라고요.”

“그럼 너는 아까 하준이 오빠가 만나는 사람이 있다는 게 얘를 말한 거야?”

"아니, 그게 아니라요…… 그러니까."

"헉…… 오빠는 나랑 강하준을 그런 사이라고 생각한 거예요?"

"아니 그게……."

나는 이 상황이 너무 당황스러웠다. 이 둘의 관계도 내가 그녀를 어떻게 오해하고 있었는지 까발려지는 이 상황도. 그냥 어디론가 숨어버리고 싶은 심정이었다. 당황하고 있는 나를 대신해서 민석이가 나를 도와줬다.

"아니 뭐, 막말로 주인도 없는 집에 문 따고 들어가서 샤워도 하고, 막 그러면 충분히 오해할 수도 있지. 우리 다 성인이고, 하준이 형은 연예인이고…… 또……."

"아니, 날 뭘로 보고!"

"하하하하하하하하."

미나 누나가 갑자기 웃기 시작했다. 갑작스러운 누나의 웃음에 당황해서 우리는 가만히 바라만 보고 있었다. 한참을 그렇게 웃은 누나는 밝은 표정으로 상황을 정리하기 시작했다.

"자자, 무슨 상황인지 이해했어. 오케이. 너는 이름이 뭐지?"

"하루요."

"그래. 하루야. 기분 나쁜 건 충분히 알겠는데, 네가 이해를 좀 해주라. 얘네 입장에서는 그럴 수 있어. 일반인들이 보기에는 연예인들은 다 문란하고 그런다고 생각할 수도 있으니까. 그리고 니들은 오해를 해도 한참 했어. 하루는 하준이 오빠랑 그럴 수가 없는 상황이야. 그러니까 그냥 빨리 사과해."

"아…… 예…… 저야 뭐…… 아니라면야…… 좋지만……."

얼떨결에 나온 말에 나도 놀랐지만, 옆에 있던 민석이가 더 발끈했다.

"뭐?!"

"아니요. 미안해요. 오해했어요."

내가 옆구리를 툭 치자 민석이는 얼떨결에 같이 사과를 했다.

"아, 저도요."

미나 누나의 정리로 우리의 상황은 깔끔하게 정리가 됐다. 우리가 오해한 것이라고 하니 사과하고 넘어가기로 했다. 다만 이상한 것은 미나 누나의 기분이 갑자기 좀 좋아진 것과 민석이가 나를 보며 음흉한 미소를 짓는 것이었다. 하지만 원체 제정신이 아닌 놈이니 나는 그냥 넘어가기로 했다.

"아, 그보다 오빠! 트러스트 5집 진짜예요? 있어요? 오빠는 들어봤어요?"

"오빠?"

민석이는 또 음흉한 미소를 보내며 나를 쳐다봤다. 나는 그놈의 시선을 무시하며 그녀에게 답을 했다.

"아…… 아니…… 나도 지금 라디오 듣고 처음 안 거예요. 전혀 몰랐어요."

"뭐야……. 내가 그렇게 곡 달라고 할 때는 이제 음악 안 한다고 하더니 이게 뭐냐고!"

미나 누나는 그녀의 말에 빠르게 반응했다.

"너 가수니?"

본인이 대답하기에는 곤란해 보여서 내가 먼저 대답했다.

"아…… 준비 중이래요……."

순간 미나 누나가 그녀를 바라보는 눈빛이 달라졌다.

"오빠, 나 강하준네 가 있을게요. 좀 찾아봐야겠어요. 아무래도 어딘가 있을 것 같아……."

흥분한 그녀는 갑자기 하준이 형네 집으로 가려고 했다. 아마도 하준이 형이 작업한 5집 파일을 찾아보려고 하는 것 같았다. 하지만 그동안 하준이 형은 우리 집에서 음악 작업을 했다. 그러니 그 파일이 있어도 우리 집에 있을 확률이 높았고, 바로 내 앞 탁자 밑에 하준이 형이 작업하던 노트북이 있다.

"형 작업 여기서만 하는데……."

나는 왠지 그러면 안 될 것 같다는 생각은 들었지만, 내심 5집을 먼저 들어보고 싶은 마음도 있었기 때문에 나도 모르게 하준이 형의 노트북을 꺼내 주고 있었다.

"여기서 보통 이걸로 작업하는 것 같았어요."

"그럼 여기 있나? 트러스트 5집."

그녀는 민석이의 말을 듣기도 전에 나에게 와서 노트북을 가져갔다. 그리고 전원을 켜는데, 보안이 걸려 있는 노트북을 마치 이미 알고 있는 것처럼 한 번에 비밀번호를 풀고 들어갔다. 우리는 자연스럽게 그녀의 뒤로 가서 노트북 화면을 보게 되었다. 파일을 찾아볼 필요도 없었다. 바탕화면에는 5라는 숫자만 있는 폴더 하나만 덩그러니 있었기 때문이다. 그녀는 망설이지 않고 그 폴더를 클릭했다. 그러자 10곡이 넘는 파일이 들어 있었다. 그중에 맨 위에 있는 곡의 제목이 가장 먼저 눈에 띄었다.

[모르고 있었다는 것은 아무런 핑계가 되지 않아]

12

파일은 총 12개였지만, 인트로를 빼면 노래는 총 11곡이었
다. 음악들은 모두 완성된 곡들은 아니어서, 하준이 형이 기타
나 피아노로 연주하면서 가이드 녹음을 해놓은 곡들이었다. 우
리는 순서대로 한 곡씩 들었다. 아무런 편곡도 되지 않은 곡들
은 가끔 음이 틀리기도 하고, 하준이 형의 목 상태가 좋지 않아
음이탈이 나는 경우도 있었다. 하지만 우리에게는 그런 것들이
중요하지 않았다. 왜냐하면 그동안 트러스트의 음악을 좋아하
던 우리들에게는 사소한 실수들보다 지금 이 음악이 얼마나 엄
청난 곡들인지가 먼저 느껴졌기 때문이다.

"아…… 진짜……."

나는 개인적으로 트러스트 음악 중에서도 4집의 음악들이 제

일 좋았다. "앨범이 산으로 갔다" "너무 거창한 노래를 만들려고 했다" "이제 감을 잃었다" 등의 악평이 많았지만, 내가 느끼기에 는 조금 난해해도 그 당시의 하준이 형의 공허함이 가장 잘 표현되고 훨씬 세련된 느낌의 곡들이었다. 실제로 트러스트의 음악은 외국에서도 많은 인기가 있었는데, 그중에서도 특히 4집 앨범이 가장 반응이 좋았다.

그런 나에게 지금 이 음악들은 1집을 준비하던 하준이 형과 4집을 준비하던 하준이 형이 만나서 새로운 앨범을 만들어낸 느낌이었다. 1집에서의 섬세한 감성과 4집에서의 노련하고 세련된 느낌이 잘 섞인 곡들은 조금 레트로 느낌도 없지 않지만, 요즘 느낌으로 편곡만 된다면 충분히 엄청난 화제가 될만한 곡들이라고 생각했다. 이런 생각을 한 것이 나만은 아니었는지, 지금 음악을 들은 사람들의 표정이 모두 똑같았다.

"아. 진짜 좋아. 대박이야……."

민석이는 굳이 감정을 감출 필요가 없었다. 계속 박수를 치며 감탄을 하고 했고, 그런 민석이와 달리 그녀는 마치 건전지가 나가서 움직이지 않는 인형같이 가만히 있었다.

"한 번 더 들을래요?"

나는 나도 모르게 이렇게 얘기했다. 내 말이 끝나자마자 민석이는 노트북을 뺏듯이 가져가서 다시 플레이를 했다. 우리는 또 아무 말 없이 노래를 듣고 있었다. 마지막 노래가 끝났을 때, 난 다시 한번 더 듣고 싶어졌다.

"한 번만 더 들을까?"

"뭘 더 들어?"

언제부터 서 있었는지는 모르지만, 현관에 하준이 형이 서 있었다. 우리는 모두 당황하기는 했지만, 많이 놀라지는 않았다. 어쩌면 모두들 이 음악을 들으면서 하준이 형이 보고 싶어졌기 때문일지도 모르겠다.

"왜 내 허락도 없이 듣고 있어?"

하준이 형은 입으로는 화를 내고 있었지만, 속으로는 굳이 막고 싶었던 것은 아닌 느낌이었다. 그리고 분명히 우리를 향해 이야기하고는 있었지만, 그녀의 눈치를 보는 것이 나에게는 느껴졌다.

"미나랑 민석이는 이제 그만 가라."

"아…… 예…… 형……."

"미나야."

"어. 가라면 가야지. 할 얘기도 있어 보이는데. 오빠, 전화할 거지?"

"어. 설명할게."

미나는 자꾸 뒤돌아보는 민석이를 떠밀며 데리고 나갔다. 그리고 거실에는 하준이 형과 그녀와 나만 남게 되었다.

"그럼 저도 형네 집에 가 있을게요. 천천히 말씀 나누세요."

나는 나도 모르게 둘에게 어색한 존대를 하고 있었다.

"아니야. 그냥 있어. 그래야 내가 좀 버틸 것 같아. 괜찮지?"

"어······."

내가 이 자리에 있어도 되는지 그녀에게 물어본 하준이 형의 질문에, 그녀는 아주 짧게 대답을 했다. 나는 아무 말도 할 수 없었다. 하준이 형의 카리스마는 나를 찍소리도 못하게 만들었고, 그녀의 침묵은 나는 엉거주춤하게 서 있게 만들었다.

"앉아."

"예."

"언제 만들었어?"

"어?"

"이 노래들. 언제 만들었냐고?"

"네 얘기를 듣고 나서부터."

"왜?"

"그게 내 방식이니까. 나는 생각보다 친구가 없어. 이제 가족도 없고. 그래서 속마음이 생기면 말할 사람이 없어. 그래서 노래나 만드는 거지."

"재수 없어······."

"그치?"

"재수 없어······."

"미안해. 노래는 어때?"

"재수 없다고."

그녀는 화를 내는 건지 우는 건지 모를 소리를 지르고 그냥 가 버렸다. 하준이 형은 나가는 그녀를 잡지 않았다. 나도 그녀를 잡지 못했다. 하준이 형은 소파에 앉아 다시 노래를 틀었다. 몇 곡을 듣고 나서 나에게 물었다.

"노래 어때?"

"예?"

"너 나름 내 팬이잖아. 노래 어떠냐고?"

"좋아요. 뭔가. 따뜻하기도 하고 슬프기도 하고, 설레기도 하 고 아프기도 하고. 여튼 좋았어요."

"고맙다."

조금의 침묵이 또 지나갔다.

"쟤도 좋게 들었을까?"

"예? 아 예……."

"어떻게 알아?"

"아마 마지막에 화를 낸 건 좋아서 그랬을 거예요. 듣는 내내 숨도 잘 안 쉬더라고요."

"고맙다."

하준이 형은 조용히 노트북을 들고 자신의 집으로 향했다. 나 는 궁금한 것이 많았지만 어느 것도 물어보지 못했다. 왠지 물 어보지 않아도 알 것 같았기 때문이다.

식탁을 정리하면서 아까 들었던 곡들이 계속 머릿속에 맴돌았다. 뭔가 계속 머릿속에서 그 음악들이 반복적으로 플레이가되는 느낌이었다. 그중에서도 네 번째 곡은 내 머릿속에서 무한반복이 되는 것 같았다.

[Black Forest Unicorn.]

> 너무 좁은 나의 숲.
> 빼곡히 차있는 나무들.
> 아주 오랜 시간 자라,
> 하늘도 보이지 않는 숲.
> 바위를 덮어버린 이끼.
> 잡초도 나지 않는 땅에
> 그늘에 익숙해진 삶이
> 어두운 숲이 되어 가네.
>
> *You fly into my forest.*
> 동화가 시작됐어.
> 믿지도 않고 있던 너의 존재만으로
> *You fly into my forest.*
> 동화가 시작됐어.
> 내 삶의 마법이, 내 몸에 저주가

너로 인해 모든 것이
새롭게 달라졌어.
You fly into my forest.

너무 좁은 나의 숲.
이제는 베어버린 나무들.
널 위한 오두막을 지어
예쁜 하늘이 보이는 굴뚝.
마법을 덮어버린 유니콘.
웃음도 나지 않던 맘에
그늘에 익숙해진 삶이
새로운 숲이 되어 가네.

You fly into my forest.
동화가 시작됐어
믿지도 않고 있던 너의 존재만으로
You fly into my forest.
동화가 시작됐어
내 삶의 마법이, 내 몸에 저주가
너로 인해 모든 것이
새롭게 달라졌어.

You fly into my forest.

You fly into my forest.
동화가 시작됐어
믿지도 않고 있던 너의 존재만으로
You fly into my forest.
동화가 시작됐어
내 삶의 마법이, 내 몸에 저주가
너로 인해 모든 것이
새롭게 달라졌어.
You fly into my forest.

13

어색한 시간이 흐르고 있었다. 이 타운하우스에 와서 처음이었다. 주말 내내 나 혼자만의 시간을 보내는 것은. 나는 그동안 정리하지 못했던 짐들을 정리하고 집 안 구석구석 청소도 했다. 평소에 하준이 형네 이모님께서 가끔 청소를 해주셨기 때문에 크게 지저분한 곳은 없었지만, 그래도 오랜만에 청소를 하니까 할 일이 참 많았다. 다만 혼자 집을 청소하다 보니 새삼 이 집이 나한테 얼마나 넓은지 느끼게 되었다. 3시간에 걸쳐 대청소를 하고 나서 2층 테라스에 나왔다. 슝이에게 사료를 주고 간식이랑 장난감으로 놀아 주며 시간을 보냈다. 슝이는 오랜만이라서 재밌는지 내 다리 근처에서 꼬리를 계속 흔들며 애교를 부리곤 했다.

어제는 혹시 누가 올지도 모른다는 불안감에 아무것도 하지 못하고 멍하게 시간을 보냈지만, 그렇게 하루를 보내고 나니 한동안, 아니 어쩌면 앞으로 아무도 오지 않을 수도 있다는 생각이 들었다. 그래서 불안한 마음에 청소하고 정리를 했는지도 모르겠다. 꽤 오랜 시간을 혼자 살아왔고 누구보다 혼자인 시간들을 좋아한다고 생각했지만, 이곳에 이사 와서 보냈던 시끌벅적한 시간들이 어느새 적응이 됐는지 외롭고 쓸쓸하다는 느낌이 들었다. 정리를 하고 청소를 하는 동안 트러스트의 음악을 듣고 싶었지만 애써 참았다. 왠지 그 음악을 듣고 있으면 참지 못하고 사람들을 불러 모으게 될 것 같다는 생각 때문이었는지도 모르겠다.

2층에서 승이와 한 시간 정도 같이 놀아준 후에 나는 1층 거실로 내려왔다. 다시 한번 트러스트의 음악을 듣고 싶은 충동이 있었지만, 참고 라디오를 틀었다. 라디오에서는 처음 듣는 여자 아이돌의 음악이 흘러나오고 있었다.

나 눈을 뜨는 순간
네 생각이 가득해

아니 아니 솔직히
꿈속에서도 너만 가득해

언제부터인지
어느 순간인지
딱 잘라 말할 수는 없지만

내 하루는 오직 너로 가득해
내 하루는 오직 너로 가득해

My day, all time, Everything, oh Everything
가득해 너만이 내 모든 공백을 채워줘
My day, all time, Everything, oh Everything
아득해 너와 나 채워진 나의 이 하루가

물론 너만 바라보며
바보처럼 굴진 않아
네가 없는 내 하루도
나름대로 멋져(멋져)

너 하나로 나 하나로
넘치도록 아름답다
답다 해도 우린 역시
함께일 때 멋져(멋져)

그래서, 그러니, 어쩔 수 없이
너만이 보이니 어쩔 수 없이
어쩌지 못하고 네 주월 맴도니
네 표정 목소리 내 귀를 맴도니

My day, all time, Everything, oh Everything
가득해 너만이 내 모든 공백을 채워줘
My day, all time, Everything, oh Everything
아늑해 너와 나 채워진 나의 이 하루가

내 하루는 너를 바라보며 네 주위를 맴돌아
네 하루도 나를 바라보며 나를 비춰주는 걸 알아

My day, all time, Everything, oh Everything
가득해 너만이 내 모든 공백을 채워줘
My day, all time, Everything, oh Everything
아늑해 너와 나 채워진 나의 이 하루가

"노래 어때요?"

나는 깜짝 놀라서 목소리가 들리는 현관 쪽을 바라보았다. 그
곳에는 그녀가 어색하게 서 있었다.

"어떻게 들어왔어요?"

"문이 열려 있던데……, 어차피 비번도 알지만."

"예?"

아마 아까 내가 환기를 시키면서 열어 놓았던 문을 잠그지 않았던 것 같다. 그런데 순간 문을 열어 놓은 것보다 비밀번호를 알고 있다는 것이 더 놀라웠다.

"107218."

"아니 어떻게 알았어요?"

"지금 이 노래 제목이에요. 107218."

"예?"

그 순간 그 노래가 끝나고 DJ의 멘트가 나왔다.

"신인 그룹 유니콘의 107218이었습니다. 조금 특이한 노래 제목이지만 또 왠지 익숙한 제목이기도 하죠? 맞습니다. 전설적인 밴드 트러스트의 4집 타이틀곡과 제목이 같습니다. 신인가수의 영리한 전략인지, 아니면 뭔가 다른 의미가 있는지는 잘 모르겠지만, 특이하면서도 낯설지 않은 것은 분명히 장점이라고 생각합니다."

"저 노래 하루 씨가 만든 거예요? 어? 그럼 데뷔한 거예요?"

"노래를 내가 만든 건 맞는데, 데뷔는 안 했어요. 데뷔하기 바로 전에 나왔거든요."

"왜요? 잘했을 거 같은데."

"연습할수록 점점 내가 하고 싶은 게 이건 아니라는 걸 알게 됐거든요.

"아 그래요?"

"그래도 음악은 잘 나왔다고 해서 그냥 선물하기로 했어요. 어차피 대부분이 저랑 3년 넘게 같이 연습한 친구들이거든요. 그런데 재미있는 건 갑자기 데뷔하게 돼서, 다시 녹음할 시간이 없었대요. 그래서 저기에 내가 부르는 부분도 있어요."

그녀가 밝게 웃으면서 이야기하는데, 나도 뭔가 기분이 좋아지기 시작했다.

"우선 이리로 와서 앉아요. 내가 마실 거라도 가져다줄게요."

그녀는 소파에 와서 내 반대편에 앉았고, 나는 일어나 주방으로 향했다. 냉장고를 열어 보니 지난번처럼 작은 병에 담긴 오렌지주스가 있었다. 문득 그녀가 하준이 형에게 했던 말이 생각났지만, 굳이 신경 쓰지 않고 잔에 따라서 가져다줬다. 그녀도 나와 같은 생각이 난 건지 내가 준 주스를 받고 잠시 쳐다보고 있었다.

"저한테 궁금한 거 없어요?"

음료수를 한 모금 마시고 그녀가 나에게 질문을 했다. 나도 그녀가 침묵하고 있는 사이에 무슨 말을 해야 할까 고민을 했지만, 그녀가 먼저 이런 질문을 할 거라고는 생각을 하지 못해서 무척 당황했다.

"예? 아니 그게……."

그녀는 다시 주스를 한 모금 마셨고, 나는 조금 진정을 한 상태로 이야기를 했다.

"하준이 형이 아버지 맞죠?"

"예. 맞아요."

"이제 이해가 돼요. 처음에 그 생각을 안 해본 건 아닌데, 분명히 인터넷에는 자식이 없다고 나와 있고, 성도 다르다 보니까…… 당연히 아닐 거라고 생각했거든요."

"엄마 성을 받았어요. 그래서 실은 저도 꿈에도 생각 못했어요……."

"그럼 처음부터 알고 있었던 게 아니에요?"

"저는 그냥 처음부터 아빠가 없었어요. 학교에 가기 전까지는 그게 이상한 건지도 몰랐고요. 그냥 항상 엄마랑 둘이 살았어요. 처음부터 지금까지."

"아…… 그럼 어머니께서 일부러 말을 안 해주신 거예요?"

"예. 저 공부 되게 잘했어요. 왜인 줄 아세요?"

"아뇨."

"엄마가 공부만 하라고 했거든요. 뭔가 두려우셨나 봐요. 그래서 엄마는 항상 나에게 공부만 열심히 하고 평범하게 성실하게 살라고 강조하셨어요. 그런데 그렇게 말씀을 하실 때마다 엄마가 너무 불안해 보이는 거예요. 나는 왠지 불안해 보이는 엄마가 싫어서 정말 열심히 했어요. 그래서 항상 1등에, 반장에, 학생회장을 도맡아 했었죠…….”

“아, 뭔가 그쪽도 잘 어울리네요.”

“근데 어차피 똑같아요. 무언가를 정말 열심히 하고 인정받기 시작하니까. 사람들 눈에 띄기 시작하더라고요.”

“그랬을 거예요. 하루 씨는 뭔가 모르게 묘한 매력이 있거든요. 하준이 형처럼.”

“지금 뜬금없이 고백하는 거예요?”

“예? 아니 그게 아니라…….”

“농담이에요.”

가볍게 웃으며 농담이라고 말하는 그녀의 모습에 나도 모르게 온몸에 땀이 쭉 나왔다.

“엄마는 그게 무서웠나 봐요. 내가 혹시라도 강하준을 닮았을까봐. 그런데 정말 무서운 거는 닮았더라고요. 엄마는 나를 일부러 눈에 띄지 않게 하려고 옷도 중성적인 옷만 입히고, 공부만 열심히 하라고 시켰어요. 근데 그게 오히려 더 특이해서 주변에 소문이 나기 시작한 거예요.”

“그렇죠. 이쁜 사람이 더 이쁘게 꾸미는 것보다 오히려 이쁜 사람이 안 꾸미고 다니는 것이 기대감을 줄 때가 있죠. 아……작업 같은 거는 아니에요.”

그녀는 뭔가 살짝 웃고 있는 느낌이었고, 그의 미소 속에 뭔가 마음이 편해진 걸 느낄 수 있었다.

"여튼 그렇게 주변에서 조금 인기 있는 아이가 되었고, 중학교 수학여행 때 장기자랑에 나가서 노래를 부른 것이 SNS에서 조금 유명해졌어요."

"하준이 형이랑 비슷하네요."

"강하준도 똑같이 얘기하더라고요. 여하튼 그렇게 조금 유명해지자 기획사에서 연락이 오기 시작했고, 엄마 몰래 본 오디션에서 덜컥 합격까지 했어요."

"어머니가 뭐라고 하셨어요?"

"처음에는 당연히 숨겼죠. 학원 간다고 하고, 연습실에 가서 연습했고요. 혹시라도 걸릴까봐 공부도 더 열심히 했어요. 그런데 이게 중학교까지는 통해도 고등학교에 가니까 감당이 안 되더라고요. 결국은 성적이 떨어지기 시작했고요. 때마침 회사에서도 부모님 모시고 와서 계약도 해야 한다고 해서 결국 말씀드릴 수밖에 없었어요."

"반대하셨죠?"

"아니요. 의외였어요. 뭔가 어머니는 그럴 줄 알았다는 느낌이시더라고요. 본인이 막아 보려고 했지만 결국 이렇게 되면 어쩔 수 없는 거라고. 네 아버지도 그랬다고……."

"아……."

"예. 그때 강하준 얘기를 다 해주셨어요. 그리고 그때 어머니가 강하준에게도 내 존재를 알리신 거 같고요. 저는 그 얘기를 듣고 2주일 동안 아무 데도 안 나가고 인터넷으로 강하준이랑 트러스트만 검색했어요. 강하준에 대해서 속속들이 다 알아보고 나서 2주 만에 강하준의 사무실로 무조건 찾아갔죠."

"하준이 형이 많이 놀랐겠네요?"

"아뇨. 강하준도 내가 올 걸 알고 있었는지 차분하게 앉아서 이야기하자고 하더라고요. 그런데 내가 그때 강하준을 찾아가서 제일 먼저 한 말이 뭔 줄 아세요?"

"뭔데요?"

"'작곡 어떻게 해요?'였어요. 평생 있었는지도 모르던 아빠를 처음 만나서 한 말이 겨우 작곡 어떻게 하냐고 물어본 거라니. 솔직히 2주 동안 트러스트 음악을 들으면서 진짜 화가 났던 게 음악이 너무 좋은 거예요. 내가 누구보다 원망해야 할 사람이 만든 노래가 너무 좋아서 계속 반복해서 듣고 있는 내가 너무 싫었던 거죠. 그래서 그게 제일 궁금했어요. 이런 노래는 도대체 어떻게 만드는지……."

"그러니까 뭐래요?"

"낡은 작곡법 책을 하나 주더라고요. 자기도 나만 한 나이에 그 책 보면서 혼자 만들기 시작했다고요. 그래서 아무 말도 하지 않고 그 책만 받아 와서 노래를 만들기 시작했어요. 대신 노래가 잘 안 나오거나, 연습생 테스트에 평가를 낮게 받거나, 엄마랑 싸우기라도 하면 지난번처럼 무작정 강하준에 집에 들어가서 히스테리도 부리고 내 맘대로 화도 내고 하다가 오곤 했고요."

"재밌네요."

"예? 뭐가요?"

"그냥요. 그런 관계도 웃기고, 그런 상황을 오해한 나도 웃기고, 그리고 지금도 무조건 강하준이라고 부르는 하루 씨도 웃기고."

"계속 이렇게 부를 거예요. 적어도……."

"예?"

"아니에요……."

그 뒤로 어떤 얘기를 얼마나 더 했는지는 모르겠다. 다만 그 뒤에는 더 이상 하준이 형에 대한 이야기는 하지 않았다는 것은 확실했다. 우리는 그냥 친한 선후배처럼, 편한 친구처럼 컵에 담긴 오렌지주스를 마시며 한참을 이야기했다. 시간은 어느새 어둑해지기 시작했고, 우리의 대화 중에 어색한 공백이 찾아왔다.

"저 이제 갈게요."

"밥 먹고 가요."

"아니에요. 저녁에 연습 있어요. 밥은 다음에 먹고 가도 되죠?"

"그럼요. 하준이 형이 하루 씨 밥 좀 차려주라고 부탁도 하셨는데요."

"그래서 차려주려는 거예요?"

"아…… 아뇨. 그래서 그렇다기보다는 하준이 형도 부탁했다 그거죠."

"그럼 강하준이 부탁한 거 빼고 그냥 밥해줘요."

"아…… 예. 그래요……."

"자주 와도 되죠?"

"아…… 예…… 그럼요……."

"고마워요……."

"뭐가요?"

"그냥 다……."

그렇게 그녀는 돌아갔다. 나는 그녀가 가고 나서 한동안 그녀가 두고 간 남기고 간 흔적들을 보고 있었다. 내가 그녀에게 가지고 있는 감정이 뭔지는 모르지만, 그녀가 나의 감정을 움직이는 존재인 것은 확실했다. 그녀가 떠나고 난 뒤 한참이 지났는데도 그녀의 흔적을 보고 갑자기 다시 심장이 뛰기 시작했기 때문이다.

14

나의 일상은 많이 달라졌다. 아니 어쩌면 내가 많이 달라진 것일지도 모르겠다. 예전에 나의 삶은 아주 성실했지만 매우 지루했다. 주로 혼자 보냈고, 특별하지 않게 모든 시간이 지나가고 있었다. 하지만 지금은 모든 것이 특별하다. 젊은 나이에 혼자서 이렇게 커다란 집에 사는 것부터, 내가 알던 슈퍼스타들이 나의 집에서 매일 술자리를 갖고, 그 속에 나도 자연스럽게 어울리고 있는 것. 어느 순간 나의 모든 시간이 특별해졌다. 우연히 옆집에 살게 된 그 한 사람 덕분이었다.

유난히 쓸쓸했던 그 주말은 나 스스로가 얼마나 변했는지를 알게 해준 시간이었고, 나는 그 시간을 통해 지금 나에게 일어나고 있는 일들이 얼마나 감사한 일인지 알게 되는 계기가 되었다.

주말이 지나고 나는 평소보다 훨씬 활기찬 모습으로 출근 준비를 했다. 일어나자마자 환기를 시키며, 크게 음악도 틀어놓았고, 영화에서 나오는 거처럼 엉덩이를 씰룩거리며 샤워도 했다. 옷방에 가득한 옷 앞에서 마치 모델이 된 것처럼 아주 신중하게 옷도 골라 입었고, 언제 샀는지도 모르지만 다행히도 아직 굳지 않은 왁스를 열어 머리도 좀 만져봤다. 텀블러에 커피를 담아 차에 오르는데, 하준이 형도 정원에서 커피를 마시고 있었다.

"출근하냐?"

"예. 안녕히 주무셨어요?"

"응. 운전 조심하고."

"예. 감사합니다."

"그래."

"형."

"어?"

"오늘 스케줄 없죠?"

"어. 왜?"

"오늘 다 같이 한잔해요! 제가 다들 부를게요."

"어? 그래."

하준이 형은 조금 놀란 듯한 표정이었다. 아마도 그럴 것이 지금까지 나는 항상 형이 하자고 하는 대로 투덜거리며 따랐지, 내가 먼저 무엇인가를 하자고 한 적이 없었기 때문이다.

하지만 언제까지 방청객처럼 무대 주변을 빙빙 돌지만은 않기로 했다. 물론 그렇다고 내가 그들처럼 연예인이 되겠다는 것은 아니고, 그들의 지인으로서 더 이상 어색해하지 않기로 했다는 뜻이다.

"어? 네가 웬일이니? 전화를 다 하고?"

"아! 그냥요. 오늘 스케줄 없으면 한잔하자고요."

"너 무슨 할 말 있니?"

"아니요. 없어요 그냥 다 같이 한잔하고 싶어서요."

"오늘 월요일이야. 너 괜찮아?"

"그럼요. 다른 사람들도 제가 전화 돌릴게요."

"어. 그래."

나는 민석이를 비롯해서 우리 집에 모이는 멤버들에게 모두 전화를 했다. 출근길에 하는 전화다 보니 대부분은 안 받아서 메시지를 남겨야 했다. 막상 그러고 나니 전화를 받은 미나 누나가 신기하게 느껴질 정도였다.

나는 열심히 업무를 하며, 틈틈이 저녁에 해 먹을 음식들의 레시피를 찾아봤고, 퇴근길에 마트에 들려 홍합 스튜와 닭볶음탕의 재료를 사 가지고 집으로 향했다.

집에 도착해보니 역시 예상대로 나만 빼고 모든 사람이 모여 있었고, 7시도 되지 않았는데 빈 맥주 캔들이 수북했다.

"야! 손님을 불러놓고 뭐 이렇게 아무것도 없어?"

"무슨 손님이 먼저 들어와서 술을 처마시고 있냐?"

"뭐 그럴 수도 있지! 뭐 사 왔냐?"

"야, 내가 오래간만에 요리 좀 할 테니까 와서 도와."

"아, 싫어!"

"아, 쫌!"

"제가 도울게요."

"어?"

나는 어차피 다 아는 사람들이고 자주 보던 사람들이기 때문에 특별히 인사를 하지도 않았고, 아직 안 온 사람들을 체크하지도 않았었다. 물론 하준이 형이 아직 안 왔다는 것 정도는 알고 있었지만, 하루 씨가 와 있는 줄은 몰랐다.

"요리는 못하지만 괜찮죠?"

"어?"

"뭘 그렇게 놀라. 내가 불렀어. 네가 전화했을 때, 내가 딱 얘네 엄마 만나러 가던 길이었거든……."

나의 깜짝 놀란 모습에 그녀는 살짝 웃으며, 내가 들고 있던 봉지를 들고 주방으로 갔다. 나는 순간 정지였다가 다시 정신을 차리고는 주방으로 따라 들어갔다.

"뭐해요?"

"예?"

"맛있는 거 뭐 만들어줄 거냐고요."

"아! 홍합 스튜랑 닭볶음탕이요."

"우와."

"맛은 보장 못해요……."

요리를 하는 내내 나는 내가 무슨 말을 했는지 기억이 나지 않는다. 중간중간 우리는 꽤 크게 웃기도 했고, 엉뚱한 얘기를 해서 어색한 순간도 있었지만, 대체적으로 주방에서의 시간은 너무 즐거웠다.

"뭐 좀 깔아봐! 뜨거워."

"여기도요. 여기."

"우와 대박. 이게 다 뭐야?"

"야, 너는 들어가서 앞접시랑 수저 좀 챙겨와."

"오키."

한 시간이 넘게 걸린 덕에 사람들은 모두 배가 고파 있었고, 그래서인지 반응은 아주 폭발적이었다. 어느새 하준이 형도 와 있었는데, 미나 누나가 이미 말을 했는지 그녀가 온 것에 그리 놀라는 반응은 아니었다. 우리는 모두 정신없이 음식들을 먹어치우기 시작했고, 중간중간에 건배도 해가며 분위기를 끌어올렸다.

"형!"

내가 하준이 형을 불렀다.

"저 그 노래 듣고 싶어요. 5집!"

"뭐? 이게 미쳤나? 안 돼."

"아! 왜요?"

"이미 들었잖아! 됐어! 뭘 또 들어!"

"어? 5집? 너희들은 벌써 들어본 거야?"

민석이가 맞장구를 치며 끼어들었다.

"예. 형님들! 아. 맞다! 트러스트 형님들한테는 들려 준다고 했잖아요!"

"여기 있어? 그럼 들어 봐야지! 야, 틀어 봐!"

"됐어! 니들은 나중에 맨 정신에 들어!"

"야! 원래 음악은 술김에 듣는 거 아냐!"

"그치! 우리 팬들은 다 술 마시면서 듣는데!"

"그래! 우리 노래가 술을 쭉쭉 당기는 거 몰라? 술 먹고 들어야 판단이 제대로 서지. 틀어봐."

"아 됐어! 내가 내일 들려줄게."

"나도 듣고 싶어……."

그녀의 한마디에 우리는 순간 정적이 흘렀다. 이미 미나 누나를 통해 그녀와 하준의 형의 관계를 모르는 사람은 없었고, 그래서 그녀의 한마디는 무엇보다 강력한 파워가 있었다.

"됐어!"

"듣고 싶다고……."

하준이 형과 그녀가 잠깐 기싸움을 했지만, 하준이 형은 그녀를 이길 수 없었다.

"알았어! 야. 네가 말 꺼냈으니까, 네가 가서 가져와! 서재에 있어!"

"옙!"

민석이는 신나서 하준이 형네 집으로 뛰어갔고, 우리는 어색한 정적이 흘렀다.

"자, 그러지 말고 한잔합시다."

"그래요. 그렇게 기다리고 기다리던 트러스트 5집의 곡들을 듣는 순간인데!"

우리는 겨우겨우 어색한 분위기를 풀어가며, 술을 마시고 있었다. 그런데 얼마 후 현관 밖에서 큰 소리가 났다.

"야 뭐야?"

사람들은 놀라서 밖으로 나갔고, 그곳에는 무릎이랑 얼굴에 피가 흐르는 민석이가 엎드려 있었다.

"야! 괜찮아?"

"야 너 뭐야? 왜 그래?"

민석이는 너무 신난 나머지 급하게 뛰어오다가 넘어지면서 무릎과 얼굴이 조금 다쳤다. 다행히 크게 다치진 않아서 병원까지는 가지 않아도 되겠지만, 문제는 노트북이었다. 노트북이 돌에 부딪쳐서 거의 산산조각이 나고 말았다. 민석이는 치료를 받으면서도 연신 죄송하다는 말밖에 하지 못했다.

"형 진짜 미안해요. 죄송합니다. 제가 노트북은 꼭 똑같은 걸로, 아니 더 좋은 걸로 사 올게요. 그리고……."

"지금 노트북이 문제냐? 너 거기 왜 갔니? 어? 혹시라도 데이터 다 날아갔으면 어떡하냐고!"

"그러니까요. 제가 내일 용산 가서 데이터 살릴 수 있나 다 알아볼게요. 살릴 수 있을 거예요. 너무 걱정하지 마세요."

중간에서 오히려 더 화를 내는 미나 누나 덕에 하준이 형은 별말을 하지 않았고, 민석이는 그런 상황이 다행이면서도 더 불편한 것 같았다.

"이렇게 날아갈 곡이면, 그게 그 곡들의 운명인 거야. 신경 쓰지 마."

"아니에요, 형. 살릴 수 있어요. 제가 살려 놓을게요……."

그때 갑자기 하준이 형의 5집 노래의 반주가 들리기 시작했다. 감미로운 기타 연주였다. 처음 듣는 트러스트 형들은 어리둥절했지만, 이미 들어본 우리들은 깜짝 놀라 소리가 나는 곳을 향했다. 한쪽에서 그녀가 기타를 치며 노래를 부르기 시작했다. 모두들 그 상황에 아무 말 못 하고 듣고만 있었다.

언제였는지 기억이 나지 않아.

내가 웃어 본 게.

하루하루 살아는 가는데,

기억이 남지 않아.

내가 살아가는 이 순간, 이 공간 속에.
내가 보이지 않아.
내가 나로 살아가는 순간에,
나를 지워가고 있어.

You were smiling in a little square.
그 순간부터 나는 웃을 수 있었어.
네게 허락된 모든 시간 동안.

You were smiling in a little square.
내 삶이 모조리 변하는 순간이었어.
네가 허락된 나의 시간들이.

어쩌면 아무도 눈치채지 못할 거야.
오직 너를 위해서.
네가 너로 살아가기 위해,
나는 없는 것이 나을까?

내가 혼자 있게 되는 순간, 공간에서.

항상 웃고만 있어.
네가 살아가고 있다는 사실이,
나를 채워가고 있어.

You were smiling in a little square.
그 순간부터 나는 웃을 수 있었어.
네게 허락된 모든 시간 동안.

You were smiling in a little square.
내 삶이 모조리 변하는 순간이었어.
네가 허락된 나의 시간들이.

You were smiling in a little square.
너는 아니라고 하겠지만
You were smiling in a little square.
너는 나를 보고 웃고 있었어.

You were smiling in a little square.
너는 아니라고 하겠지만
You were smiling in a little square.
너는 나를 보고 웃고 있었어.

타운하우스

You were smiling in a little square.
그 순간부터 나는 웃을 수 있었어.
네게 허락된 모든 시간 동안.
네게 허락될 모든 시간까지.

노래를 끝낸 그녀는 하준이 형을 보며 말했다.

"다른 것도 불러볼까요?"

하준이 형은 아무 말도 하지 못했다. 우리도 너무 놀라서 아무 말도 못 하고 있었다.

"두 번 듣고 다 외운 거예요?"

너무 놀라서 나도 모르게 물었다.

"그럼요."

"사비 도입 부분에 멜로디가 틀렸잖아."

"그거 제가 일부러 바꾼 거예요. 이게 나은 거 같아서. 이게 더 낫지 않아요?"

그녀가 갑자기 나에게 묻자 나는 뭐라고 대답해야 할지 몰라서 머뭇거릴 수밖에 없었다. 나는 나도 모르게 하준이 형의 눈치를 보고 있었다.

"나머지도 다 외운 거야?"

"대충이요. 이 정도면 데이터 날아가도 다시 살릴 수 있겠죠?"

둘의 대화를 듣고 있던 트러스트 형들이 갑자기 나서기 시작했다.

"야, 이렇게 된 거 하루 목소리로 들어보자. 우린 어차피 쟤 목소리 좀 질리거든. 괜찮지?"

"그래. 또 여자 보컬로 들으니 느낌이 확 다른데?"

하준이 형은 암묵적으로 동의를 했고, 그녀는 조용히 다음 곡을 노래하기 시작했다. 어느새 우리는 트러스트의 새로운 음악을 듣는 공연장에 와 있는 느낌이었다.

15

'지금 이 분위기는 또 뭘까?'

나는 노래를 듣는 내내 이 생각만 했다. 분명히 하준이 형이
녹음했던 노래를 들었을 때도 노래 자체의 포스로 우리는 아무
말도 하지 못했다. 하지만 지금은 또 다른 분위기로 인해 노래
에 집중하고 있다. 우리가 지금 이렇게 노래에 빠져들어 가는
게 노래의 힘인지, 아니면 이 노래를 부르는 가수의 힘인지, 아
무도 알지 못한 채 노래에 빠져들고 있었다.

그녀는 차분히 한 곡 한 곡 노래를 이어 나갔고, 하준이 형마
저도 별다른 말 없이 조용히 노래를 듣고 있었다. 우리는 아무
말도 하지 않고 마지막 노래가 끝날 때까지 숨죽이고 있었다.
가끔 술을 한 모금씩 마시기는 했지만, 그 누구도 노래를 끊어

내고 말을 할 생각은 없었다. 노래가 끝나자 잠시 침묵이 이어
졌다. 그리고 이 곡이 마지막 곡이라는 것을 알고 있던 내가 제
일 먼저 박수를 쳤다.

"야, 진짜 좋은데?"

"이거 노래가 좋은 거야? 보컬이 좋은 거야?"

"기타는 언제부터 친 거야? 좋은데, 느낌이."

우선 트러스트 형들의 찬사가 이어졌다. 노래를 마친 그녀는
나를 보며 웃고 있었지만, 왠지 하준이 형의 평가를 기다리고
있는 듯했다.

"오빠도 뭐라고 말 좀 해봐."

"뭘."

"노래 잘하잖아. 이럴 때 칭찬도 해주고 하는 거야."

"잘하네."

"그게 다예요?"

"저 정도면 엄청 칭찬한 거야! 저놈이 얼마나 칭찬에 인색한
데."

"아니야, 정말 잘했어. 나보다 나은 것 같아. 잘한다, 진
짜……."

하준이 형의 진지한 칭찬은 애써 무표정을 지으려고 하는 그
녀의 표정을 변하게 했다.

"고마워."

뭔가 이 공간의 분위기가 훈훈해지기 시작했다. 사람들은 모두 말은 안 했지만, 지금이 이 부녀간 화해의 시간이라고 생각하는 듯했다. 분위기는 좋았지만, 이다음의 상황을 어떻게 이어가야 하는지 모르는 건 모두 마찬가지였다. 그때, 모두 어색한 상황에서 하준이 형이 먼저 입을 열었다.

"이왕 노래했는데, 네 노래도 해봐."

"어?"

"너도 노래 만들잖아. 네가 만든 곡도 한번 해보라고."

"싫어."

갑자기 그녀의 표정이 굳었다. 뭔가 곤란한 느낌이었다. 나는 우선 이 상황을 좀 바꿔야겠다는 생각을 했다.

"형! 내가 들어봤는데, 좋아요, 엄청. 진짜 좋더라고요."

"그래? 그럼 들어보자. 나도."

"싫어."

"왜?"

"아! 그냥 싫다고."

훈훈했던 분위기는 순식간에 다시 냉랭해졌고, 눈치가 빠른 미나 누나는 얼른 하준이 형을 데리고 밖으로 나갔다. 나도 왠지 이대로 그녀가 이 자리에 있으면 분위기가 더 안 좋을 것 같아서 그녀를 다른 곳으로 데리고 가야겠다는 생각을 했다.

"저랑 바람 좀 쐬요."

"밖에 강하준 있잖아요."

"2층으로 가요."

나는 그녀를 데리고 2층 테라스로 향했다. 그녀는 뭔가 기가 죽은 듯이 어깨가 축 처져 있었다. 나는 테라스에 들어가자, 캠핑의자에 앉으라고 말하려고 했는데, 그러기도 전에 그녀가 먼저 슝이를 보고 소리를 질렀다.

"마루야!"

슝이는 지금까지 내가 본모습 중에 가장 신나는 모습으로 그녀에게 뛰어갔다. 그녀는 언제 기분이 안 좋았는지도 모르게 해맑게 웃으며 슝이를 안았다.

"마루가 왜 여기 있어요?, 언제부터 여기 있었어요?"

"한 3개월 됐나?"

"그럼 왜 말을 안 했어요! 내가 마루를 얼마나 보고 싶었는데요!"

"예? 물어본 적이 없었잖아요…….

"그래도 강아지 기른다고 얘기를 좀 주죠! 그럼 내가 우리 마루 생각나서라도 보여 달라고 했을 텐데."

"근데 원래 하루 씨 강아지였어요?"

"예. 제가 길을 가다가 너무 귀여워서 분양을 받았는데, 엄마가 강아지는 절대 안 된다고 해서요. 두 달쯤 연습생 숙소에서 몰래 길렀는데, 결국 매니저 오빠한테 걸려서 어쩔 수가 없었거든요. 그래서 그냥 강하준한테 맡긴 건데 여기 있었네요!"

"아. 그럼 계속 하준이 형네서 기르는 줄 알았어요?"

"아니요! 아 진짜 열 받아! 맡기고 간 다음날 보러 왔더니, 딴 사람 줬다는 거예요! 그래서 누구 줬냐고 물어보니까 나 모르는 사람이라고 하더라고요! 그래서 연예인이면 이름이라도 알려 달라고 인스타라도 보게, 하니까! 그런 거 할 만한 인물이 안 된다고 이상한 얘기만 하고! 제가 그날 얼마나 울었는데요! 아! 다시 생각해도 진짜 화나!"

"아, 나 인스타 하는데……. 승이도 많이 올렸는데……."

"인스타 해요?"

"예, 왜요?"

"진짜 의외라서요."

그녀는 바로 인스타를 들어가 나를 검색하더니 팔로우를 신청했다. SNS를 열심히 하는 편은 아니었지만, 그래도 남기고 싶은 기억들은 일기 쓰듯이 남기는 편이어서 팔로워는 거의 없어도 업로드는 꾸준히 하는 편이었다. 하지만 그렇다고 해도 사람들에게 자랑하는 듯한 게시물은 올리기 싫어서, 타운하우스나 하준이 형 얘기는 올릴 수가 없었다. 그래서 어쩌다 보니 요즘 내 인스타는 온통 승이로 채워져 있었다.

그녀는 바로 캠핑의자에 앉아 승이를 안고는 내 인스타를 보기 시작했다. 그동안 내가 승이와 보낸 시간들을 보며 그녀는 꽤 밝은 표정을 짓고 있었다.

"우리 마루랑 잘 놀았네요? 산책도 자주 가고, 간식도 자주 주고. 이 간식 내가 찾아낸 거예요! 마루가 제일 좋아하는 거!"

"아. 그래요? 그거 슝이가 진짜 좋아하더라고요."

"진짜 고마워요! 나는 마루가 진짜 이상한 사람한테 가서 사랑도 못 받고 지내면 어쩌나 진짜 걱정 많이 했거든요. 근데 잘 살고 있었네요. 진짜 다행이다⋯⋯."

"뭐 실은 저는 그냥 놀아주기만 했고요. 대부분 관리는 다 형이 해줬어요. 제가 회사 가 있는 동안 테라스 청소도 해주고, 사료나 간식도 챙기고, 가끔 목욕도 시키고."

"에이, 설마요. 그냥 매니저한테 다 시킨 거 아니에요?"

"저도 처음에는 그런 줄 알았죠. 본인도 그런다고 했고. 그런데 언젠가 매니저분한테 고맙다고 인사하니까 자기가 한 거 아니라고 하더라고요. 자기는 가끔 형이 스케줄 때문에 안 되는 시간에만 잠깐 들여다봤지, 진짜 보살핀 건 다 형이 직접 한 거라고 하더라고요. 매니저님 얘기 들어보니까 하준이 형이 엄청 이뻐해준대요. 그래서 간식이든 사료든 절대 떨어지는 일이 없어요."

"칫!"

뭔가 뾰로통한 그녀의 모습이 무척 귀여웠다.

"형이 몰래 하고 있던 게 참 많아요. 그렇죠?"

그녀는 대답을 하지 않음으로 동의했다.

"아까는 왜 노래하기 싫었어요? 다들 노래 잘한다고 더 듣고 싶다고 한 거잖아요."

"그냥요. 뭔가 아빠 노래하고 나서 내 노래를 하면, 내 노래가 너무 별로라고 할 것 같아서요……."

"예?"

"그렇잖아요. 아빠 노래 좋은 거 다 아는데. 그거 듣자마자 내 노래 하라고 하는 거 너무 한 거 아니에요? 그렇게 비교하고 싶었나? 진짜 잘났어요, 정말."

"난 그런 거 같지 않던데……."

"예?"

"우리도 노래 들어봐서 알잖아요. 5집 전체가 다 하준이 형이 하루 씨한테 보내는 편지 같았는데, 그 노래가 하루 씨에게 잘 전달된 거 같아서, 그냥 답장이 듣고 싶었던 거 아닐까요? 그게 꼭 형에게 하는 노랫말이 아니라도. 그동안 하루 씨가 어떻게 살아왔는지 하루 씨 노래로 듣고 싶어 한 느낌이었어요. 전……."

그녀는 내 말에 생각에 잠겼다. 나는 그녀를 쳐다보지 않고 승이를 쓰다듬으면서 이야기했다.

"얘 이름은 이제 승이예요."

"아니에요. 마루라고요."

"그건 하루 씨가 기를 때 이름이고요. 이제는 숭이예요."

"그게 뭐예요. 나한테는 그냥 마루예요."

"그래요?"

"당연하죠! 난 안 바꿀 거예요. 마루는 내가 데려온 내 동생이에요. 여기 잠시 맡겨 놓은 거라고요……."

"형도 그렇지 않을까요? 하루 씨가 어디에서 있었던 누구에게 자랐건, 어떤 삶을 살았건, 하루 씨의 존재를 아는 순간부터 하루 씨는 형의 가족이에요. 그래서 듣고 싶었을 거예요. 그게 아픔이든, 슬픔이든, 자신에 대한 원망이든. 그냥 자기가 없는 하루 씨의 삶을 좀 알고 싶었던 거 아닐까요?"

또 한동안 말이 없던 그녀는 의자에서 일어나면서 나에게 새침한 표정으로 말했다.

"아, 꼰대. 또 가르치려고."

"뭐 어쩔 수 없지, 뭐. 꼰대인 걸 어떡해요. 근데 진짜 놀라운 거 알려 줄까요?"

"뭐요?"

"하루 씨 하준이 형을 아빠라고 부르고 있어요. 아까부터……."

그녀와 내가 1층으로 내려왔을 때, 형과 미나 누나도 막 현관에서 들어오던 길이었다. 그녀가 안고 있던 숭이는 하준이 형을 보자 뭔가 반가운 듯 짖어댔다.

"싫다는데…… 내가……."

"노래 불러도 되죠?"

형의 말을 끊으면서 그녀가 말을 했다.

"제가 제대로 작업한 지는 얼마 안 됐고요. 아직은 모르는 게 많아서 부족하긴 한데, 비웃지만 않는다고 약속하면 한번 해볼게요."

"우와! 좋아 여기 다들 전문가들이니까. 냉정하게 평가 한번 받아봐."

"무슨 평가야, 평가는! 부담 갖지 말고 편히 불러봐. 그냥 다들 다 궁금해하니까."

트러스트 형들이 응원하자, 그녀는 웃으면서 승이를 하준이 형에게 주고 기타를 잡았다. 그리고 그녀는 깊은 숨을 한번 들이마시고는 노래를 시작했다.

난 한쪽 신발이 없어.
항상 쓸리고 긁혀
상처뿐인 맨발을 보면
내 신발은 항상 눈물 흘려.

난 한쪽 신발이 없어.
항상 시리고 얼어

통통 부은 맨발을 보면
내 신발은 항상 눈물 흘려.

누구의 잘못인지.
내가 잃어버린 건지.
처음부터 나머지 신발은
이 세상에 없는 건지.

누구에게 물어야지.
한쪽을 찾을 수가 있는지.
처음부터 없었던 거라면
내 세상은 왜 그런 건지.

Find the missing shoe.
떠나버린 이유를 묻고 싶어.
Find the missing shoe.
도대체 어디 있었는지 알고 싶어.
Find the missing shoe.
나를 알고 있었는지.
나를 잊고 있었는지.
Find the missing shoe.

타운하우스

행복하게 살고 있는지.

난 한쪽의 신발이 있어.
항상 쓸리고 긁혀도
상처뿐인 내 발을 보며
눈물 흘려주는 신발이 있어.

난 한쪽의 신발이 있어.
항상 시리고 얼어도
퉁퉁 부은 내 발을 보면
눈물 흘려주는 신발이 있어.

누구의 잘못인지.
내가 잃어버린 건지.
처음부터 나머지 신발은
이 세상에 없는 건지.

누구에게 물어야지.
한쪽을 찾을 수가 있는지.
처음부터 없었던 거라면
내 세상은 왜 그런 건지.

Find the missing shoe.
잘 걸어가고 있다 말하고 싶어.
Find the missing shoe.
도대체 어디로 가야 하는지는 잘 몰라도
Find the missing shoe.
나는 이제 괜찮다고
나는 이제 괜찮다고
Find the missing shoe.
행복하게 살아가라고.

Find the missing shoe.
잘 걸어가고 있다 말하고 싶어.
Find the missing shoe.
도대체 어디로 가야 하는지는 잘 몰라도
Find the missing shoe.
나는 이제 괜찮다고
나는 이제 괜찮다고
Find the missing shoe.
행복하게 살아가라고.

16

그녀의 노래는 쓸쓸했지만 따뜻했다. 처음에는 아빠 없이 살아온 시간을 원망하는 것처럼 들렸지만, 노래를 끝까지 다 듣고 난 후의 느낌은 그리움이었다. 그녀의 마음과 삶을 모두 들은 사람들은 쉽게 말을 할 수 없었다. 그때 하준이 형이 먼저 말을 꺼냈다.

"좋다. 노래도 좋고. 목소리도 좋고······."

"고마워."

"그러니까 네 노래를 해. 음악은 결국 네 안에 있는 걸 들려주는 거야. 그런데 왜 내 노래가 필요해? 네가 느낀 거. 네가 하고 싶은 말. 네 노래를 해. 지금처럼."

"그게 내가 하고 싶은 얘기라면?"

"어?"

"내가 하고 싶은 노래가, 내가 부르고 싶은 노래가 당신의 얘기라면?"

"그게 무슨 말이야?"

"나는 당신 이야기를 하고 싶어. 지금까지 당신 없이 자라 온 내 삶을 당신이 만든 노래로, 당신이 느낀 감정으로, 당신의 이야기로 채우고 싶다고. 내가 당신의 노래를 부르면, 그건 진심이 아닐까? 그게 내 얘기가 아닐까? 어차피 우리는 이렇게 엮여 있는데?"

하준이 형은 아무 말도 하지 못했다.

"노래 하나 주는 게 그렇게 힘들어? 지금까지 나한테 아무것도 해주지 않았잖아. 아무것도 모르고 살았잖아. 그런데 노래 한 곡 주는 게 그렇게 어렵냐고."

"하루야. 난 네가 너로 살아갔으면 했어, 나라는 존재에 끌려서 너를 잃어버릴까봐······."

"노래를 하고 싶어 하는 나는 이미 당신에게서 벗어날 수 없어. 엄마가 두려워했던 나의 모습은 이미 당신에게서 온 거라고! 그러니까 내가 당신의 노래를 부르는 것이 나를 잃어버리는 것이 아니라, 나를 찾아가는 과정이라고!"

"잠깐 제가 끼어들어서 죄송한데요······."

갑자기 무슨 용기가 생겼는지 내가 둘의 대화를 끊었다. 말을 하면서 이래도 되나 싶었지만, 이렇게 해야 모두에게 좋을 것 같다는 생각이 머리를 지배했다.

"정리하면, 지금까지 하루 씨가 형네 집에 그렇게 왔던 게 노래를 달라고 한 거예요? 형은 안 준다고 한 거고?"

"예. 처음에는 저한테 노래를 주면 딸이 있는 게 들킬까봐 겁내는 줄 알았거든요. 점점 말을 하면 할수록 그냥 저한테 주기 싫은 거더라고요……."

"형은 하루 씨가 형 노래를 부르는 게 오히려 안 좋을까봐 걱정한 거고요?"

"가수는 자기 이야기를 하는 사람이니까……."

"당신 이야기가 내 얘기라고요……."

"어, 그게, 그럼 간단한 거 아닌가 싶은데요."

"뭐가 간단해?"

"트러스트 5집, 하루 씨가 부르면 되잖아요?"

"뭐?"

"가사가 다 하루 씨에 대한 얘기니까 하루 씨가 자기 이야기를 하는 거잖아요. 형이 망하지 않을까 걱정하는 건, 혹시 망하더라도 하루 1집이 아니라 트러스트 5집이니까 문제가 안 되지 않나 싶은데……."

"야 그거 객원보컬이잖아. 대박인데?"

그러자 미나 누나도 내 얘기에 덧붙였다.

"그거 좋다. 오빠는 노래를 안 하는 게 좀 아쉬우면 코러스 좀 해주고, 듀엣으로도 좀 부르고 하면 되잖아."

"누나 대박. 전 완전 찬성이요. 진짜 대박 날 것 같아."

"나도 찬성. 우리도 쟤 목소리 좀 질려. 하루 목소리 들어보니까. 심장이 간질간질하니 촉이 오더라고."

"그래, 꼭 트러스트 보컬을 강하준만 할 필요는 없잖아. 한번 해보자."

트러스트 형들이 긍정적인 대답들을 하기 시작하자 하준이 형의 눈빛이 조금씩 흔들리기 시작했다.

"어차피 버린다고 했던 곡들이니까. 딸이 좀 불러도 상관없지 않아? 오빠?"

"뭐…… 그거야……."

"하루는 어때?"

"전 좋아요."

"누나 추진력 대박인데요! 그럼 전 트러스트 팬클럽 다시 소집하고, 하루 씨 팬클럽도 좀 만들어서 분위기 좀 끌어올릴게요. 해보시죠!"

분위기는 갑자기 트러스트 5집 제작 발표회 분위기가 되었고, 모두 다 흥분하기 시작했다. 나는 모두 들떠서 음악 이야기를 하고 있을 때, 나도 모르게 하준이 형과 그녀의 표정을 살필 수밖에 없었다. 하준이 형은 뭔가 묘하게 미소를 머금고 있었고,

그녀는 밝게 웃고 있었다.

　이 모든 일이 지금 내 집 거실에서 이뤄지고 있다는 게 나는 너무 신기했다. 트러스트 형들은 흥분해서 갑자기 악기들을 꺼내서 세팅을 했고, 그녀는 마이크를 잡고 목을 풀었다. 그들이 그렇게 분주하게 움직이는데, 하준이 형은 보이지 않았다. 문득 하준이 형이 밖에 있을 것 같아서 정원으로 향했다.

　"형 여기서 뭐해요?"

　"그냥 담배나 한 대 피려고."

　"일이 이렇게 되네요. 신기하게……."

　"뭐가 신기해. 다 네가 한 거면서……."

　"예? 제가요? 전 아무것도 한 게 없는데요?"

　"아냐. 내가 보기에는 네가 다했어. 나랑 멤버들을 부른 것도, 하루가 저기 껴 있는 것도. 미나를 부른 것도, 분위기를 이렇게 만든 것도 다 너야. 여튼 고맙다……."

　"형이 뭐가 고마워요. 진짜 고마운 건 저죠. 저요, 형 옆집으로 이사 온 뒤에 인생이 정말 180도 달라졌어요. 진짜 지루하게 살던 제가 형 덕분에 드라마 같은 삶을 살고 있다고요. 제가 맨날 형한테 뭐라고만 했지, 진짜 고맙다는 말을 잘못한 거 같아요. 고맙습니다."

　"아니야. 처음에 내가 널 봤을 때, 문득 가수를 하기 전에 내 모습이 떠올랐거든. 뭐 그때 내가 너만큼 지루하게 살고 있지는 않았지만, 그래도 꽤 오랫동안 연예계에만 있어서 너처럼 평범한 사람들을 가까이서 볼일이 거의 없었거든, 그래서 그냥 문득 옆집에 이사 온 너를 보면서 그 시절의 내가 떠올랐던 거 같아…….”

“형 실례지만, 혹시 형수님이랑 헤어지신 이유가…….”

“어, 비슷해. 그 사람은 정말 평범한 사람이었거든. 그저 성실하고 평범하게 살아오던 사람이라, 내가 가수가 되고, 유명해지고 사람들에게 관심을 받는 게 많이 부담스러웠을 거야. 물론 처음에는 크게 달라질 것이 없다고 생각했지. 그냥 같은 사람을 사랑하고, 같은 사람하고 살아간다고 생각했으니까. 그런데 내가 자꾸 변한 거야. 유명해지고, 사람들이 찾기 시작하고, 돈도 많이 벌고 하면 뭔가 세상이 쉬워지고, 관계가 가벼워졌다고 해야 하나? 그걸 느꼈을 거야. 더 이상 내 옆에 자기의 자리는 없다는 것을. 내 실수지. 결국 다 같은 건데.”

“뭐가요?”

“넌 내가 특별하지?”

“그렇죠.”

“연예인이니까?”

“당연하죠.”

“근데 내가 아까 말했지? 나한테는 네가 특별했어.”

"예?"

"내가 생각할 때 세상에는 특별한 것도 평범한 것도 없어. 그저 다 다른 것뿐이야. 처음에 연예인이 되고, 인기를 얻기 시작하니까 내가 정말 특별한 사람이 된 것 같았어. 짜릿했지. 그런데 그 느낌이 생각보다 오래가지 않아. 평범하던 세상에서 연예인들의 세상으로 넘어오고 나니까. 난 또 그 안에서 나일 뿐이더라고. 화려한 삶이 반복되니 그 화려함이 평범해지고, 진짜 평범하게 살아가는 사람들이 더 특별해 보인다고 해야 할까? 그렇게 그 삶에 지쳐 있을 때, 네가 보인 거야. 나에게는 특별하기도 하고, 내 과거이기도 한. 그래서 버리지 못했던 추억들을 네 집에 잔뜩 구겨 넣고, 현실에 지칠 때마다 도망친 거지……."

"그런데 그 도망이 저를 또 특별하게 만든 거고요……."

"나는 하루가 나를 특별하다고 생각하는 게 겁이 났어. 나는 특별하지도 대단하지도 않아. 그런데 처음 시작하는 그 아이에게는 내가 너무 커 보이는 거야. 당연히 그 아이보다 너 오래 음악을 해왔으니까. 심지어 지금 그 아이의 마음에 미움까지 더해져서 마음이 복잡했을 거야. 그래서 내 노래로 그 아이의 시작이 망가질까봐 겁이 났어……."

"나도 겁이 났어……."

뒤에서 갑자기 하루 씨 목소리가 들렸다. 어디서부터 우리의 이야기를 들었는지 모르지만 우리 뒤에 그녀가 서 있었다. 우리의 앞으로 와서는 말을 이어갔다.

"나는 내가 음악을 하겠다고 생각한 순간부터 매 순간 겁이 났어. 내가 정말 할 수 있을까? 나는 음악을 할 만한 사람일까? 성실하게 살아가는 엄마를 보면서 내가 혹시 착각하고 있는 게 아닐까? 나도 그냥 엄마처럼 사는 게 운명이지 않을까? 이런 고민들이 매일 반복됐으니까. 심지어 내가 가장 혼란스러웠던 건 나한테 음악이 그렇게 간절하지 않았다는 거야. 나는 음악이 좋아서 하기는 하는데, 꼭 이것만 해야 한다는 간절함보다는 그냥 어쩌다 보니 하고 있는 거였지. 그리고 내가 보기에 솔직히 엄마의 삶도 나빠 보이지 않았고, 나도 그렇게 평범하게 살던 것이 싫지 않았으니까.

그런데 이상하게 내 삶은 나도 모르게 자꾸 음악 속으로 끌려가는 거야. 내가 원하지 않아도 나를 위한 기회들이 찾아오고. 진짜 마치 운명이라도 되는 것처럼 그렇게 밀려 오니까, 그냥 우선 해보자 했지. 그래서 처음으로 용기를 내서 가수를 하겠다고 엄마에게 말을 했을 때, 아빠의 존재를 알게 되었지. 솔직히 처음에는 나를 버린, 아니 내 존재도 모르고 혼자 잘 살고 있는 아빠가 밉기보다는 내 안에 아빠의 피가 흐르고 있다는 사실이 너무 좋았어. 나에게도 진짜 재능이 있을 수 있다는 것이 되니까. 뭔가 인증을 받은 느낌이었다고 해야 하나? 그래서 처음에는 화가 나는 척했지만, 트러스트의 노래를 찾아서 듣고 아빠가 어떤 사람이었는지 알고 싶어졌어.

　그런데 들으면 들을수록 또 겁이 나기 시작하더라. 내가 저렇게 할 수 있을까? 내가 저런 노래를 만들고, 할 수 있을까? 저런 사람이 정말 가수가 돼야 하는 거 아닐까? 나는 그냥 평범하게 살아야 하는 것이 아닐까? 덜컥 겁이 나기 시작한 거야. 그래서 찾아왔어! 혹시 아빠라면 답을 줄 수 있지 않을까 해서! 아빠라면 나에게 확신을 줄 수 있을 거 같아서…….”

　“그래서 지금은? 답을 찾았어? 나는 아무런 답을 해주지 못했는데?”

　“몰라. 그냥 아빠 노래 하고 싶어. 그럼 좀 알 수도 있을 것 같아. 나도 노래를 해도 되는 사람인지…….”

　싸우는 듯한 그들의 대화는 뭔가 스스로의 속마음을 알려주는 퀴즈게임 같았다. 서로 큰 목소리로 대화하고 있지만, 서로의 마음을 전하고 있었고, 점점 비슷한 표정으로 닮아가고 있었다. 나는 지금 이들의 대화 속에 함께 서 있다는 것이 문득 감격적으로 느껴졌다.

　“난 뭘까요? 난 뭔데 이런 순간마다 옆에 있는 거죠? 저는 다 잘 될 거 같아요. 비록 내가 할 수 있는 건 없지만, 마음으로 응원할게요…….”

　“아니에요! 오빠가 할 일이 있어요. 그 말 하려고 온 거예요.”

　뜬금없는 그녀의 말에 내 심장이 또 두근거리기 시작했다.

17

"제가 할 일이라니요?"

"우선 두 가지를 부탁드리려고 해요. 첫 번째는 마루예요!"

"마루? 우리 슝이?"

"슝이 아니고 마루요! 여하튼 그게 중요한 건 아니니까. 마루
를 우리 마스코트로 하려고요."

"슝이를?"

"마루라니까……. 트러스트 삼촌들한테는 다 허락받았어요.
아빠는 괜찮을 거라 믿고요."

"그래. 나는 상관없는데, 구체적으로 뭘 어떻게 하려고?"

"이번 앨범 콘셉트 디자인이랑, 뮤직비디오에 마루를 메인으
로 쓰려고요. 뭐 다양한 굿즈를 만들어도 좋고요. 당연히 앨범

활동에도 함께할 생각이에요. 실은 이번 앨범의 곡들이 아빠가 나한테 하는 이야기를 내가 부르는 거니까. 나도 구체적으로 이야기할 수 있는 대상이 있으면 더 좋을 것 같아서요. 심지어 나도 마루를 어쩔 수 없이 아빠한테 보낸 경험도 있으니까……."

"그럼 나는 어떤 일을 해야 하는데요?"

"오빠가 우리 마루 인스타 계정을 만들어서 관리해 주세요. 예전에 오빠 인스타 했던 것처럼요. 우리 마루의 일상을 잘 소개해 주시면 돼요."

"얘가 인스타를 해?"

"해요!"

예전에 형이 했다는 말이 떠올라서 나도 모르게 욱해서 대답했다.

"그냥 하는 게 아니라 은근히 잘해. 가보면 마루가 어떻게 지냈는지 엄청 잘 올려놨어."

"근데 내가 해도 될까요? 그런 건 보통 기획사나 마케팅 회사에서 해주고 하는 거 아니에요?"

"맞아요. 대부분 그렇게 하니까. 그런데 그래서 오히려 오빠가 해주는 게 더 특별할 수 있어요. 자연스럽게 너무 전문적이지 않고, 정말 일상인 것처럼요. 잘할 수 있을 거라고 믿어요. 그러니까 저 실망시키지 말고……."

나는 순간 이 제안이 너무 당황스럽고 부담스럽기는 했지만,

그냥 지금 내가 하던 일이라고 생각하니 그래도 마음은 조금 편해졌다.

"우선 장담은 못하지만 해볼게요……."

"그리고 두 번째 부탁은요. 같이 들어가서 말해줄게요."

해맑은 표정으로 내 옷깃을 잡아끌고 들어가는 그녀의 모습에 나는 심장이 터질 것만 같았다. 하준이 형도 신나 있는 그녀의 모습이 좋은지 아빠 미소를 지으며 따라 들어왔다. 집 안에 들어오니 이미 트러스트 형들이 노래의 코드를 따고 연습을 하고 있었다. 하준이 형은 자연스럽게 키보드에 앉았다.

"그럼 우선 두 분이 나가신 사이에 잠깐 맞춰본 음악을 들려드릴게요."

화려한 기타 연주로 시작된 [Black Forest Unicorn]은 처음 들었던 느낌보다 훨씬 더 웅장하고 신비로웠다. 풍성한 밴드 사운드에 몽환적인 그녀의 보컬이 더해지기 시작하자 음악은 정말 완벽하게 느껴지기 시작했고, 나도 모르게 소름이 돋았다.

그때 그녀가 갑자기 노래를 멈췄다.

"어때요?"

그녀는 멍하게 듣고 있던 나에게 물었다.

"왜 멈춰요? 엄청 좋은데……."

"근데 저는 뭔가 아쉬운 게 있어요. 혹시 지금 사비 멜로디 기억해요?"

"사비요?"

"미안해요. 후렴구요. 영어로 시작되는 부분."

"아…… 뭐 대충은요……."

"그럼 그 부분을 앞에 있는 실로폰으로 연주해 볼래요? 딱 영어 가사 부분만."

내 자리 앞에는 내가 어릴 적에 가지고 놀던 실로폰이 놓여 있었다.

"예? 아니 제 실로폰은 또 어디서 찾았어요?"

"당근 나지! 하루 씨가 뭔가 엉성한 걸 찾길래. 네가 구질구질 쌓아놓은 짐 좀 뒤졌거든."

"너는 진짜!"

"우선 연주해 볼래요? 계이름 알려드려요?"

"아뇨. 알 거 같아요……."

나는 전설적인 밴드 멤버들이 자기들 악기를 연주하는 한가운데서 수줍게 실로폰 채를 들고 후렴구 부분을 연주했다. 몇 번 버벅거리기는 했지만 워낙 짧아서 금방 할 수 있었다.

"오호, 재능이 있는데? 좋다. 생각보다 훨씬 좋아! 뭔가 연주에도 수줍음이 있어!"

"이게 아까 하루가 말한 거구나? 느낌이 있네."

말도 안 되는 아마추어가 초등학생용 실로폰으로 친 연주를 프로들이 칭찬을 하는데, 이게 진심인지 그냥 친해서 하는 소리인지 구분이 가지 않았다. 하루 씨는 오히려 아무 말도 하지 않고 나를 보며 웃고 있었다. 나는 쑥스럽고 당황스러워서 얼굴이 타들어갈 것처럼 달아올랐다.

"오케이, 맞춰보자. 준호야. 우리가 연주를 하다가 딱 후렴 들어가기 전에 연주를 멈출 거야. 그때 그 8마디만 지금처럼 연주해주면 돼. 알았지?"

"아······ 예······."

그들은 다신 연주를 시작했고, 하준이 형도 아무 말 없이 함께 연주하고 있었다. 그녀의 노래가 시작되고 나의 파트가 다가올수록 나는 심장이 터질 듯이 뛰기 시작했다. 나의 상태랑은 상관없이 나의 파트는 점점 다가왔고, 나는 정말 숨도 쉬지 못하고 있었다. 그 순간 웅장한 사운드가 동시에 멈췄고, 나는 다시 어설프게 실로폰을 연주했다.

나의 8마디 연주가 끝나자 그녀는 나를 보며 살짝 웃고는 다시 엄청난 사운드와 함께 후렴 부분을 노래하기 시작했다. 나는 정말 온몸에 소름이 돋았고, 심장이 터질 듯한 전율을 느낄 수 있었다. 그 순간에 왜 사람이 음악을 하는지 알 수 있을 것만 같았다.

"훨씬 낫네."

"그래 장난 아닌데? 별거 아닌 거 같은 데도 뭔가 포인트가 되는 느낌이야."

"아, 내가 하고 싶은데!"

미나 누나는 계속 박수를 쳐주었고, 민석이는 자기 역할이 없어 아쉬움을 드러냈다.

"이제 정식으로 부탁할게요. 트러스트 객원 퍼커션이 되어주세요."

"예? 이것만 하는 게 아니고요?"

"우리가 얘기를 해봤는데요. 이번 음악들은 뭔가 불완전한 느낌, 완성되지 않은 느낌이 더 좋을 것 같다는 의견이 많았어요. 그래서 그런지, 제대로 된 풀사운드로 가니까 멋있기는 한데, 뭔가 부족한 느낌이 있거든요. 근데 여기에 아마추어인 오빠의 연주가 포인트가 되면 그 느낌이 확 살 것 같아서요."

"좋은 생각이네."

"하준이 형, 이래도 돼요?"

"안 되는 게 어딨어? 좋으면 하면 되지."

"맞아요. 그니까, 앞으로 연습도 같이하고요. 녹음도 같이해요. 대신 너무 열심히는 안 해도 돼요. 어차피 어설픈 게 포인트니까."

"제가 해도 돼요, 진짜?"

"어때? 해! 이럴 때 아님 언제 해봐?"

"하기 싫음 하지 마! 내가 할 테니까!"

민석이는 내가 조금이라도 사양을 하려는 기색이 보이면, 바로 자기가 하겠다고 나설 태세였다. 솔직히 말하면 누가 해도 상관이 없을 역할이니 민석이가 해도 큰 지장은 없을 거라 생각했다.

"그건 안 돼요!"

"왜요? 나도 잘 쳐요, 실로폰!"

"아뇨. 지금 우리가 이렇게 모인 게 다 준호 오빠 덕분이잖아요. 그러니까 오빠가 하는 게 맞죠!"

그녀가 그 얘기를 하는 순간, 나는 하준이 형을 쳐다보았다. 하준이 형은 입 모양으로 나에게 이렇게 얘기했다.

"내 말 맞잖아."

나는 정말 아무리 생각해 봐도 내가 한 건 없다고 생각한다. 그런데 사람들이 자꾸 나에게 고마워하고 있다. 정말 신기한 일들이 벌어지고 있다.

"그러니까. 오빠가 해야 의미도 있는 거예요!"

"준호야. 어려운 거 아니니까 하자! 너도 재미있을 거야!"

나는 도대체 뭐가 어떻게 돌아가는 건지 알 수가 없었다. 불과 몇 달 전만 해도 작은 오피스텔에서 혼자 게임이나 하고 있던 내가, 지금은 트러스트 앨범 작업에 퍼커션이라니. 정도껏 해야 어디에 자랑이라도 하지, 이건 정말 너무 말도 안 되는 일이었다.

"혹시 코러스도 시킬지 모르니까 노래 연습도 해둬요."

나는 드디어 확신했다. 이건 현실이 아니다. 나는 분명히 꿈을
꾸고 있는 것이다.

18

앨범 작업이 시작되니 정말 정신이 없었다. 예전보다 훨씬 더 많은 사람들이 나의 집에 들락거렸고, 나는 마치 서울역에서 숙식을 하고 있는 것 같은 느낌이 들었다. 그 사람들은 시간에 상관없이 내 집에 머무르고, 나도 퇴근하는 순간 그 무리에 자연스럽게 섞이고 있었다. 어느 날 퇴근하고 집에 왔더니 거실이 어둡게 바뀌어 있었다. 창문에는 두꺼운 암막 커튼이 달려 있고 벽에는 온통 방음장치가 되어 있었다. 거실 중앙에 있던 소파들은 벽으로 치워져 있고, 가운데는 밴드 악기가 세팅되어서 멤버들이 연습을 하고 있었다.

"형? 뭐예요?"

"우리가 얘기를 해봤는데, 아무래도 네 집이 제일 편하다고들

하더라고, 그래서 우선 이번 앨범 연습은 네 집에서 하기로 했어."

"저한테는 안 물어보고요?"

"너도 좋잖아! 당연히! 게다가 이것도 다 너를 생각한 거야. 너도 이번에는 엄연히 우리 멤번데, 혼자 직장생활을 하고 있잖아. 그럼 네 집에서 해야 네가 제일 편하지."

"다른 집에서 뭐라고 하지 않을까요? 밤낮없이 연주를 하면?"

"우선 옆집은 배려해 주시기로 했는데, 나머지 집들은 아까 오전에 미나가 케이크랑 와인 들고 가서 다 양해 구했어. 그래도 혹시나 해서 이렇게 방음 공사도 한 거고."

말이라도 못하면 믿지나 않지. 하지만 생각해 보면 처음부터 왠지 이럴 것 같았다. 그리고 내가 겉으로는 이렇게 이야기했지만 솔직히 싫지 않았다. 지금 이 작당모의가 너무 즐거울 뿐만 아니라, 잠깐이지만 혼자 있어 보니 이 집은 혼자 있을 때보다 다 같이 있을 때 훨씬 즐겁다는 것을 이미 잘 알고 있기 때문이었다. 나는 대충 투덜거리는 티를 내며 2층으로 올라갔다. 간단히 씻고, 옷을 갈아입고 나오자 미나 누나랑 하루 씨가 먹을 것을 잔뜩 사가지고 들어왔다.

"왔어요?"

하루 씨는 나를 보며 반갑게 인사를 건넸다. 나도 함께 인사를 하고 싶었지만, 쑥스러운 마음에 말을 돌렸다.

"이게 다 뭐예요?"

"저녁 사왔어요."

"근데 뭐가 그렇게 많아요?"

"한우, 새우, 소시지, 버섯, 애호박, 쌈야채. 오늘 든든하게 먹고 밤새 연습하려면 이 정도는 필요할 것 같아서."

"오늘 밤새요?"

"그럼 당연하지!"

"저는 아니죠? 내일 회사도 가야 하는데……."

"에이, 무슨 말이야! 우리는 이미 팀인데. 지금도 네가 없어서 연습이 안 돼!"

능청스러운 형들의 말은 장난이지만 듣기 좋았다. 나는 너무 한다고 말은 했지만, 팀이라는 말에 또 한 번 쓰윽 웃었다. 미나 누나를 도와 식탁에 불판을 준비하고 사온 음식들을 굽기 시작했다. 그녀는 사온 야채들을 씻었고, 미나 누나는 내 냉장고를 뒤지며 반찬을 세팅했다.

"야, 김치 진짜 맛있구나."

"그거 찌개 끓이면 진짜 죽어요!"

"알지! 하준이 오빠가 얼마나 자랑을 했는데!"

"안에 찌개 끓여 놓은 거 있어요. 어젯밤에 혹시나 해서 잔뜩 끓여놨어요."

"진짜? 대박! 한번 먹어보자!"

"우와, 나도 엄청 먹고 싶었는데."

"많이 먹어요."

찌개를 먹어본 미나 누나는 박수를 쳤고, 그녀는 어린아이처럼 미나 누나의 옆에 붙어서 몇 번씩이나 한 입만 더 달라고 졸랐다. 나는 별거 아니지만, 괜히 뿌듯한 마음이 들었다. 우리는 김치찌개까지 세팅하고 저녁을 먹기 시작했다. 트러스트 형들은 내 김치찌개에 감탄을 하기 시작했고, 이미 익숙한 하준이 형은 엄지손가락만 보이고는 폭풍식사를 했다. 미나 누나는 사람들이 어느 정도 식사를 하자, 자연스럽게 스케줄 이야기를 시작했다.

"우선 연습하면서 이번 주까지 1차 편곡은 마무리해야 해. 그래야지 곡마다 어울리는 사람들 좀 찾아서 추가 편곡 진행하니까. 그리고 오늘 앨범 콘셉트를 잡고 있는데, 내일 사진 좀 찍어보자고 하니까 오늘은 술 마시지 말고. 너무 무리도 하지 말고."

"무슨 사진을 찍어? 콘셉트 나오면 하면 되지."

"지금 오빠들 얼마 만에 앨범 내는 줄이나 알아요? 다 예전 같은 줄 아나 봐? 우선 와꾸 체크 좀 해보고 어울리는 콘셉트 작업한다니까. 협조 좀 합시다."

"진짜 우리 진지하게 촬영해본 지 진짜 오래됐네."

"그니까. 앨범에 10년 된 여권사진 넣을 거 아님 오늘 자제들 좀 하세요."

트러스트 형들이랑 같은 회사인 미나 누나는 소속사의 이사이기도 하다. 누나는 원래 오래 일하던 회사에서 나와 1인 기획사를 차렸고, 3년 전에 트러스트가 전 소속사와 계약이 끝났을 때 '부담 없이 편하게 일하자'며 형들을 꼬셨다고 했다. 지금은 투자를 좀 더 받아서 회사를 키웠고, 나름 잘 나가는 배우들과 모델들까지 영입해서 탄탄한 회사가 되었다. 다만 누나는 직접 경영에 참여하지는 않고 이제 그냥 하고 싶은 프로젝트만 참여하기로 했는데, 이번 앨범이 바로 그 하고 싶던 것이었다.

"근데 좀 밝은 노래도 좀 있어야 하지 않아? 좀 팡팡 터지고 달리는 노래도 있어야 공연도 할 맛이 나지."

"하루도 성량이 좋던데? 빠방한 거 하나 해도 될 거 같아."

"그럼 [Yeah. I know]밖에 없지 않아?"

"그래, 그거 하루가 부를 때도 템포 땡기니까 신나더라."

"그럼 그거는 준호 탬버린 솔로로 시작하자!"

"예?"

"아냐. 보사노바 리듬으로 캐스터네츠로 가자! 구두까지 신고!"

"또 왜들 그래요……."

"잠시만요!"

갑자기 그녀가 신나는 표정이 되더니 주방으로 뛰어 들어갔다. 나는 내심 좋기도 하고, 불안하기도 했다.

"뭐 생각난 거 있어?"

"이거 어때요?"

그녀는 주방에서 커다란 양은 냄비랑 나무 국자를 가지고 왔다.

"난타야?"

"난타까지는 아니어도, 괜찮지 않아요?"

"나쁘지 않은데? 그거 식탁에 엎어놓고 젬베처럼 해보자."

"예?"

뭘 말하는지는 대충 알겠지만 솔직히 흉내 낼 자신이 없었다. 이미 내가 길게 말하지 않아도 내 마음이 얼굴에 표가 나는지 사람들이 걱정 어린 표정으로 날 보기 시작했다.

"그래도 기본 박자 알려 주면 할 수 있지 않아요?"

"그래. 내가 미리 박자 만들어서 보여줄 테니까 따라 해봐."

"아…… 예……."

나는 뭔가 근사한 퍼커션에서 시장통 품바로 갑자기 전락한 듯했다.

"그럼 우선 해보자. 처음이니까 준호는 간단하게 박자만 좀 맞춰봐."

Yeah. I know.

너는 너를 잘 몰라
나도 나를 잘 모르니
누구를 이해할 수 없어
아무도 알 수는 없으니

나는 이럴 줄 몰랐어
너도 어떨지 절대 모를 거야
누구도 쉽게 변하지 않겠지만
아무도 알 수는 없으니

Yeah.
I know.
I've become an idiot.

Yeah.
I know.
I don't hate it.

이미 나는 많이 변해서
다시 돌아갈 수 없어
그런데 자꾸 웃음이 나와

하루 종일 심장이 두근거려

Yeah.
I know.
I've become an idiot.

Yeah.
I know.
I don't hate it.

나는 모든 게 달라졌어
다시 시작할 수 있어
그래서 자꾸 웃음이 나와
하루 종일 너만 자꾸 생각이 나

Yeah.
I know.
I've become an idiot.

Yeah.
I know.

I don't hate it.
I don't hate it.
I don't hate it.

너는 너를 잘 몰라
나도 나를 잘 모르니
누구도 누구를 이해할 수 없어
아무도 알 수는 없으니

나는 이럴 줄 몰랐어
너도 어떨지 절대 모를 거야
누구도 쉽게 변하지 않겠지만
아무도 알 수는 없으니

노래는 하늘을 날아다니는 듯했고, 엄청난 사운드에 내 냄비 소리는 들리지도 않았다. 그래도 나는 너무 신나서 나무 국자가 부서져라 치기 시작했고, 나 스스로도 나에게 이런 모습이 있는지 놀라고 있었다. 우리는 그 노래를 시작으로 밤새 연습을 계속했고, 점점 지쳐갔다. 어느새 온몸이 다 땀으로 젖고, 더는 손가락이 움직이지 않을 때까지 연습을 하고 나니 새벽 5시였다.

"오늘은 여기까지만 할까?"

"오케이. 대신 맥주나 한잔하자. 목말라 뒤지겠어!"

"물 마셔!"

"아! 그래도 그게 말이 되냐? 이럴 때는 죽어도 시원한 맥주지. 많이 안 마시면 되잖아."

내가 일어나서 주방으로 가며 대답을 했다.

"형 어차피 많이도 없어요. 아마 딱 한 캔씩 마시면 없을걸요?"

나는 내가 예전에 사놨던 맥주를 생각하며 김치냉장고를 열었다. 그런데 냉장고 모든 칸이 맥주로 가득 차 있었다. 그것도 심지어 각종 세계 맥주가 종류별로 정리되어 있었다.

"이게 뭐야!"

"그거 아마 오늘 밤새 마셔도 다 못 마실걸?"

"안 돼! 진짜 딱 한 캔씩만 먹어. 고생했으니까."

"야~ 말은 그렇게 해도 그 맥주 다 미나가 사온 거야!"

"우와, 진짜 대박······."

우리는 바닥에 구석에 그리고 소파에 앉아 각자 맥주를 마시기 시작했다. 말은 한 캔씩만이라고 했지만, 우리는 어느새 한쪽에 수북하게 맥주캔 산을 만들 만큼 마시고 있었다.

"넌 어때?"

술에 눈이 반쯤 풀린 하준이 형이 나에게 물었다.

"뭐가요?"

"밴드 하는 거."

"오! 제가 밴드를 하는 건가요?"

"하는 거지! 엄연한 퍼커션인데."

"진짜 좋죠! 재밌어요! 세상에 태어나서 이렇게 오랫동안 심장이 빨리 뛰는 일은 처음이에요. 진짜 아무것도 아닌 내 소리가 이 엄청난 사운드에 녹아 어울리는 것도 신기하고, 제가 학창 시절 내내 듣고 다니던 그 음악에 나도 참여하고 있다는 사실도 말도 안 되게 신기해요. 이 시간이 멈추지 않았으면 좋겠어요. 그냥 이 안에서 영원하게 살고 싶어요."

"넌 진짜 나 같아. 24년 전의 나……."

"왜요?"

"우리도 딱 그렇게 시작했거든, 음악."

"맞아. 그래서 우리도 아직 이렇게 음악을 하고 있지."

"각자 자기가 다루던 악기들 가지고 학교 조그만 동아리방에서 합주를 시작했는데, 뭔가 찌릿찌릿한 거지. 그래서 이것저것 자기가 좋아하던 노래들을 공유하다 보니 비슷한 것도 많고. 그렇게 카피곡으로 시작하다가 하준이가 곡을 쓰기 시작했고, 그렇게 아무 생각 없이 축제 공연으로 시작해서 여기까지 온 거야."

"각자 동네에서 쓸데없이 악기나 띵땅거리는 문제아들이 처음으로 모이고, 그게 음악이 되고, 사람들이 좋아해 주고, 그것만으로 밤새 두근거리고 설레고 짜릿하고. 그런데 언젠가부터 잊었었네, 우리가……."

"하루도 그래. 하루 목소리 듣고 있으면 하준이 노래 처음 들었을 때가 생각나. 기교도 없고 멋도 안 부리는데 마음을 움직이는 울림이 있거든. 근데 그때 하준이도 엄청 떨어서 뭔가 목소리에 수줍음이 좀 묻어 있었는데, 하루 목소리가 딱 그런 거 같아."

"아 그건가? 내가 최근에 하준이 노래가 좀 달라졌다고 생각했거든, 옛날 앨범이랑 비교하니까. 난 나이가 들어서 그런 줄 알았는데……. 그렇지, 같을 수가 없지."

"옛날 얘기하는 거 꼰대 같지만, 부러워서 그러는 거야. 그때는 가진 것보다 가질 것을 상상하는 것이 더 행복할 때거든. 무엇이 됐든 너희는 많은 것을 얻게 될 거야, 이번 앨범으로. 그리고 우리도 너희들 덕에 많은 것을 되찾을 거고."

"꼰대 맞네. 뭔 말이 이렇게 많아. 자자, 고만들 마시고 자야 해. 내일 사진 찍는다니까. 우선 오후로 좀 미룰 테니까 다들 얼른 자! 귀찮아도 옆집 가서 자!"

형들은 하나둘씩 일어나서 하준이 형네 집으로 이동했고, 그녀는 미나 누나와 함께 집으로 갔다. 앨범을 준비하는 동안에는 미나 누나랑 그녀가 함께 지내기로 했다.

사람들이 모두 떠난 집에서 멍하게 잠시 앉아 있었다. 몸은 노곤했지만 정신은 멀쩡했다. 나는 출근을 해야 해서 술을 마시지 않았기 때문이다. 나는 오랜만에 느끼는 이 노곤함과 뿌듯함이 기분 나쁘지 않았다. 살면서 무엇인가 이렇게 다 쏟아가면서 해본 일이 없기 때문이다.

나에게는 분명히 이 시간은 아주 한정적이다. 이 앨범이 끝나면 다시 일상으로 돌아갈 것이고, 예전과 다름없는 평범한 삶을 살아갈 것이다. 하지만 그렇다고 생각해도 내가 슬프지 않은 이유는 여전히 나의 옆집에는 하준이 형이 살 것이고, 내 집에는 많은 사람들이 수시로 들이닥칠 것을 알기 때문이다. 그래서 내가 그들과 한 팀이라고 이야기할 수 있는 이 계절을 나는 좀 더 소중하게 기억하고 간직해야겠다고 생각했다. 그래서 이 빈 거실을 한 장 찍었다. 그리고 마루의 인스타에 업로드했다.

#연습이 끝나고 난 뒤

그리고 이 해시태그는 노래가 되어 우리 앨범에 보너스 트랙이 되었다.

쓸데없는 말들.
필요 없는 농담들.
시시껄렁한 잡담들.

시간만 흘러가고.

미적거리는 손길.
툴툴거리거리 소리들.
투닥투닥 대는 다툼에
시간만 흘러가고

이제 음악이 시작돼.
누군가 소리를 만들어.
모두 소리를 쌓아가.
그렇게 음악이 시작돼.

아무도 그만하지 않아.
아무도 투덜대지 않아.
한 음 한 음이 다 소중해.
그렇게 음악이 태어나.

시계가 필요 없어.
아무도 궁금하지 않으니.
휴식 따위 필요 없어.
아무도 지치지 않으니.

우린 밤새 노래를 만들어.
우린 밤새 노래를 부르지.
우린 밤새 노래를 만들어.
우린 밤새 노래를 부르지.

하얗게 불태워야 끝이나.
모두가 알아 우리의 끝은
아무것도 남지 않은 우리.
모든 것이 완벽해진 우리.

우린 밤새 노래를 만들어.
우린 밤새 노래를 부르지.
우린 밤새 노래를 만들어.
우린 밤새 노래를 부르지.

우린 밤새 노래를 만들어.
우린 밤새 노래를 부르지.
우린 밤새 노래를 만들어.
우린 밤새 노래를 부르지.

19

어느새 편곡이 마무리되어 갔다. 우리가 연습하며 편곡한 곡
들은 요즘 제일 핫하다는 편곡가의 손을 거쳐 완성곡이 되어가
고 있었다. 트러스트는 원래 하준이 형이 곡을 만들면 나머지
멤버들이 함께 편곡을 해서 앨범을 만들곤 했는데, 이번만큼은
오랜만에 내는 앨범이기도 하고, 트렌드도 많이 변하고 있어서
외부 도움을 받기로 한 것이다.

그렇게 편곡된 곡들은 보통 곡당 2~3가지 버전으로 작업이
돼서 왔는데, 확실히 처음의 곡보다는 트렌디한 느낌이 많이 묻
어 있었다. 나는 다른 편곡가가 작업을 했을 경우, 내 파트가 빠
질 수도 있다는 걱정과 기대를 했지만, 요즘의 흐름이 레트로여
서 그런지 적당한 부분에 잘 녹아 있었다.

우리는 편곡 데모가 올 때마다 의견을 나누며, 하나씩 결정해 나가고 있었고, 확실하게 정리가 된 곡들부터 녹음 일정을 잡기 시작했다. 여기서 애매한 문제들이 발생하기 시작했는데, 나만 직장생활을 하다 보니 녹음 일정이나 추후 진행되는 스케줄에 관한 제약이 있었다. 심지어 그녀가 나에게 개인적으로 부탁한 인스타 관리도 생각보다 시간이 많이 들어가서 그야말로 나의 시간은 너무 쉴 새 없이 돌아가고 있었다.

나는 자연스럽게 고민을 할 수밖에 없었다. 지금의 상황에서 냉정하게 말하면, 나는 더 이상 필요 없는 존재였기 때문이다. 편곡이 끝났고, 곡 연습도 끝났기 때문에 나는 내 파트만 주말에 녹음을 하고 나면 이후에 합주나 공연에서는 굳이 필요 없는 존재인 것이다. 그렇다면 나는 녹음만 마치고 인스타 관리만 하면서 다시 평범한 나의 일상으로 돌아가 그들을 응원하기만 하면 된다.

그런데 아무도 그러라고 이야기하지 않았다. 모든 멤버들이 녹음 스케줄을 정할 때마다 나의 직장생활을 고려하며 시간을 조정하고 있었고, 그 외에 타이틀 촬영이나 이후 마케팅 활동을 위한 스케줄을 의논할 때도 나의 스케줄을 우선으로 고려하고 있었다. 심지어 향후 투어 콘서트에 대한 부분은 아예 주말 일정으로만 하기로 했다.

무엇보다도 중요한 것은 나 역시 지금의 이 팀에서 빠지고 싶지 않다는 것이다. 나는 어느새 나 개인의 삶보다도 이들과 만들어가는 이 앨범의 작업에 집중했다. 덕분에 회사에서는 그만큼 실수도 많이 하고, 집중도 못했다. 하지만 그러한 상황들이 하나도 힘이 들거나 괴롭지 않았고, 회사에서 본부장에게 한소리를 듣고 있는 중에도 오늘 집에 가서 해야 할 일들만 떠올렸다.

저녁을 먹고 연습을 하기 위해 형들이 악기를 세팅하는 동안 나는 잠시 마루의 사진을 찍기 위해 2층 테라스로 향했다. 잠시 마루와 놀아주며 놀고 있는데, 미나 누나가 올라왔다.

"요즘 힘들지?"

"예. 정신이 좀 없어요."

"그래도 잘하고 있어! 기대했던 것보다도 훨씬."

"그래요?"

"인스타만 해도 그래. 지금 팔로워 수 알지?"

"근데 그건 아무래도 형들 팬이 많이 들어오니까요."

"아냐. 그래도 콘텐츠에 달리는 댓글이나 반응은 다 네가 만든 거지."

"진짜 다행이에요. 저도 하면서 내내 혹시 제가 피해를 주면 어쩌지 걱정하고 있거든요."

"그게 다야?"

"예?"

"내가 보기에는 걱정보다 훨씬 더 즐기고 있는 거 같은데?"

"아······."

"내가 왜 이번 앨범 제작을 맡은 줄 알아?"

"맞아요. 궁금했어요. 왜 갑자기 제작을 맡으신 거예요?"

"재미있을 것 같았어, 그냥. 솔직히 이쪽 일을 오래 하다 보면 다 시시해지는 게 있거든. 보통 사람들이 보기에는 항상 매일 신나게 일하는 것처럼 보여도, 방송도 거기서 거기고, 드라마도 거기서 거기거든. 좋게 말하면 이 환경에 익숙해진 거지만, 결국은 건방져진 거고, 지루해진 거야. 근데 이번 건 뭔가 다른 게 있을 거 같았어."

"뭐요? 하루 씨요?"

"아니 너."

"예? 저요?"

"응! 지금 우리 중에서 제일 이상하고 특이한 게 너잖아. 이 화려한 조합의 밴드에 퍼커션이 이런 평범한 직딩이라니!"

"아, 그렇죠."

"물론 트러스트의 5집이라는 것도. 하준이 오빠의 숨겨진 딸이 객원보컬이라는 것도 다 색다르고 재미있기는 하지만, 난 솔직히 니 존재가 제일 끌렸어!"

"하하하 제가요?"

"어. 적어도 지금까지 하던 일들과는 좀 다르겠다 싶었거든. 그런데 지금 보니까 네 평범함이나 직장인이라는 겉모습보다 그냥 박준호 너라는 존재가 이 팀에 어울리는 것 같아. 봐봐. 우리가 아무리 넉살 좋고 낯이 두꺼운 사람들이라고 해도 알게 된 지 6개월도 안 된 사람 집에서 매일 이렇게 같이 먹고 자고 연습을 한다는 건 쉬운 일이 아니거든. 심지어 너는 진짜 그냥 일반인이었는데. 그럼에도 불구하고 아무도 너를 불편해하거나 다르다고 생각하지 않잖아. 그래서 아무도 너를 빼자는 말도, 너를 빼고 계획을 세우지도 않는 거야."

"아……."

나는 갑작스러운 누나의 말에 말문이 막혀 버렸다. 내가 지금 이 사람들을 좋아하고, 이 사람들과 어울리는 것이 좋은 것은 이미 너무 잘 알고 있는 사실이었는데. 그들도 나를 그렇게 생각하고 있다는 사실을 확인받고 나니 뭔가 가슴속에서 뜨거운 것이 올라오는 기분이었다.

"내가 지금 너한테 이런 말을 하는 이유는 그런 네가 요즘 너무 벅차 보여서 그래. 너무 재미있고 신나 보이긴 하는데, 그래서 많이 벅찬데도 꾸역꾸역 버텨나가는 모습도 보이거든. 이해는 되지만 좀 안쓰러워서……."

"아…… 예……."

"준호야……."

"예. 누나."

"나는 이제 너도 뭔가 선택을 해야 할 시기가 되었다고 생각해. 너도 알잖아. 지금 이대로는 더 이상 안 된다는 거. 누구도 너한테 뭐라 할 수는 없어. 결국은 네 선택이니까. 대신 아마 네가 어떤 선택을 하든 우리는 모두 너를 지지하고 응원할 거야. 그러니까 잘 고민하고 좋은 선택을 했으면 해.”

“아…….”

“쉽지 않은 선택이라는 거 알아. 특히 지금까지 우리랑 전혀 다르게 살아온 너에게는. 두려울 수도 있고, 많이 불안하기도 할 거고, 그래도 한번 잘 고민해봐. 앞으로의 너의 삶을 위해서라도…….”

누나가 무슨 이야기를 하고 있는지. 너무 잘 알고 있었다. 실은 얼마 전부터 나도 매일 하는 고민이기 때문이다. 오히려 누나의 솔직한 얘기가 나에게는 이제 정말 선택해야만 할 시기가 되었다는 알람이 되어준 기분이었다.

“참고로 말하면 누나 이래 봬도 기획사 오너야. 지금 네가 다니는 회사보다 작을지 몰라도. 먹여 살려는 줄게.”

“진짜요?”

“응! 그러니까. 너무 걱정은 하지 말라고.”

누나는 쿨하게 말하곤 밑으로 내려갔고, 나는 그곳에서 한참이나 더 앉아 있었다. 나는 가만히 앉아서 처음으로 내 미래에 대한 구체적인 상상들을 해보기 시작했다. 지금까지 그냥 그렇게 흐름에 맞춰 살아왔던 세월과는 다르게, 좀 더 적극적으로 어떻게 살아야 할지에 대해 고민이라는 것을 해보게 되었다. 생각이 많아질수록 머릿속이 너무 복잡해서 머리가 지끈거리기 시작했다. 그때 1층에서 나를 찾는 사람들의 목소리가 들렸다. 마치 그 순간 나를 찾는 사람들의 목소리가 내가 찾는 답인 것만 같았다. 나는 더 이상 고민할 필요가 없었다.

"박준호! 연습하자!"

"야! 퍼커션."

"오빠! 빨리 와요!"

"야!"

"가요, 가! 지금 간다고요!"

20

나의 결정은 심플했다. 지금까지 내가 살아왔던 삶과는 정말 다르게, 그냥 마음이 시키는 대로 해보기로 한 것이다. 결정은 내렸지만 불안은 어쩔 수가 없었다. 살면서 단 한 번도 안정적인 레일에서 내려온 적이 없었기 때문이다. 항상 정해진 시간에 출발해서 정해진 역으로 달려가는 완행열차처럼, 빠르지는 않아도 막히는 일 없이, 놓치지만 않으면 특별한 사건도 없는 그런 여정을 지나왔다. 그런데 지금은 마치 내가 상상도 못 해봤던 정글 속을 천장도 없는 오프로드 지프차를 타고 출발하려는 것 같았다. 솔직히 지금의 떨림이 설렘인지 두려움인지도 구분할 수 없었다. 그저 마구 심장이 뛰지만, 그래도 이 길을 한 번쯤은 가봐야겠다는 생각뿐이었다.

새벽 3시쯤 연습이 끝나고, 형들은 모두 하준이 형의 집으로 갔다. 나는 곧 출근을 해야 하기 때문에 잠을 자야 했지만 잠이 오지 않았다. 결국 나는 다시 2층 테라스로 나왔다. 진한 네이비 색의 하늘에는 하늘에는 오늘따라 별도 많이 빛나고 있었다.

"안 자요?"

그녀의 목소리에 나는 깜짝 놀라 뒤를 돌아봤다. 그녀는 외투를 걸친 채 문 앞에 서 있었다.

"안 갔어요?"

"언니가 아빠랑 의논할 게 있다고 조금만 기다려 달라고 해서요."

"아……, 피곤할 텐데, 여기 앉아요."

"마루는 자는구나."

"누가 트러스트 멤버 아니랄까봐 아무리 시끄러워도 잠은 잘 자더라고요. 이것도 한 장 찍어야겠다."

"마루 이름 양보해줘서 고마워요."

"하하, 그렇죠? 뭐 그래도 원래 이름이 마루였으니까."

"오빠, 회사 관두기로 했죠?"

갑자기 훅 들어온 그녀의 질문에 나는 당황한 기색을 감출 수가 없었다.

"어떻게 알았냐고요? 나 미나 언니랑 계속 같이 다니잖아요."

"아……."

"솔직히 미나 언니 아니었으면 아무도 말 못 했을 거예요. 다들 오빠의 존재가 필요하다고는 느끼지만, 그렇다고 오빠의 일상을 맘대로 뭐라고 할 수는 없었으니까요. 그래서 다들 눈치만 보고 뭐라고 하지 못했던 거예요⋯⋯."

"아⋯⋯ 다들 그랬구나⋯⋯."

"근데 난 잘할 거 같아요."

"예?"

"내가 옆에서 쭉 보니까. 오빠는 진짜 성실하더라고요. 난 성실한 사람들은 뭘 해도 잘할 거라는 믿음이 있거든요."

"지금까지 살아온 삶이 성실하지 않으면 안 되는 곳들이었으니까요. 습관이겠죠. 근데 성실하게 인스타 관리만 해서 평생을 먹고살 수는 없잖아요⋯⋯."

"음⋯⋯ 그럼 어릴 때 하고 싶던 거 없었어요?"

"하고 싶었던 거요?"

"예! 오빠가 보기에는 미나 언니, 그냥 막 하고 싶은 대로 다 하는 것 같죠?"

"아무래도 그렇죠."

"언니랑 같이 다니면서 보니까 언니 정말 대단해요. 우리가 보기에는 어릴 적부터 인기를 얻어서 계속 스타로 편하게 살아온 거 같은데요. 알고 보니까 생각보다 엄청난 노력파더라고요. 특히, 자기가 항상 무대 위에서 화려한 모습으로 살다 보니까.

어느 순간 자기도 모르게 다른 가수들의 컨셉이나 무대 구성, 그리고 공연이나 콘서트의 기획 쪽도 관심이 가기 시작했대요. 어차피 배워두면 자기 공연하는 데도 써먹을 수 있겠다 생각해서 그때부터 조금씩 공부를 하기 시작했는데, 결혼하고 잠시 활동을 쉴 때는 미국에서 유학도 한 거라고 하더라고요. 그래서 나름 이쪽에서는 알아준다고 해요."

"아 그랬어요? 그건 진짜 몰랐네……."

"그러면서 그런 얘기를 했어요. 연예인이라는 직업이 얼핏 보면 자유롭지만 심리적으로는 절대 그렇지 않다고. 그래서 스스로 무엇인가 자꾸 만들어나가지 않으면 그 압박과 부담감에 스스로 무너지게 되는 거라고. 그래서 자기는 하고 싶은 걸 찾고, 열심히 공부하기로 했대요. 그렇게 활동하지 않는 기간을 잘 활용하면 스스로 하고 싶은 것들을 얼마든지 이뤄나갈 수 있고, 결국 그런 것들이 자신의 멘탈을 잡아주는 힘이 된다고요. 그래서요. 오빠도 뭔가를 찾으면 좋겠다 생각했어요."

"뭔가……요?"

내 머릿속에 갑자기 또 일시 정시 버튼이 눌렸다. 그녀의 말이 잠시 현재를 정지하고 과거를 되돌아보는 시간을 주는 것 같았다.

"만약 우리랑 이번 활동을 같이하기로 마음을 먹었으면, 이 활동이 끝나고 할 것들을 고민해봐요. 어렸을 때 하고 싶었던 것들 중에 하나요. 혹시 모르잖아요. 그중에 새로운 재능을 찾을지도. 그리고 또 못 찾으면 어때요? 우선은 그냥 평범한 직장인 출신 멤버로도 충분히 튀잖아요."

그녀의 이야기를 듣던 중에 문득 떠오른 것이 있었다. 바로 중학교 때 미술 시간이었다. 그날은 처음으로 원 데생을 배우던 날이었는데, 선생님은 원 데생의 원리와 방법을 알려주시고 숙제를 내주셨다. 다음 주까지 원 데생을 그려오는 것이었는데, 숙제 검사를 하는 날, 나는 친구들 앞에 불려 나오게 되었다. 나와 또 다른 친구를 한 명 불러서 칠판 앞으로 나오게 한 선생님은 우리가 그린 두 장의 그림을 비교하면서 아이들에게 설명하기 시작하셨다.

"이 그림을 보면 뭔가 투박하고 거칠지? 그런데 원의 입체감이 잘 살아 있어. 이게 왜 그런지 알아? 아마 이놈은 내가 알려준 대로 성실하게 그림을 그리지 않았을 거야. 그런데 대신 보는 눈이랑 센스가 있어서 비슷하게 잘 그렸어. 그래서 너희들처럼 몇 시간에 걸쳐서 성실하게 그리지 않고, 대충 내 그림을 흉내 내면서 한 30분 만에 뚝딱 그렸는데도 원 데생의 특징이 잘 표현된 거지. 분명히 미술에 재능이 있다고 말할 수 있어."

머리가 좋고 요령이 좋았던 그 친구는 선생님의 칭찬에 아주 기분 좋은 표정을 지었다.

"그런데 이 그림을 볼까? 이 그림은 저거랑은 다르게 뭐가 너무 어둡고 무겁지? 이건 데생의 과정을 너무 성실하게 많이 해서 그래. 아마 이놈은 내가 시키는 대로 정말 3시간 넘게 가만히 앉아서 이것만 했을 거야. 그래서 이렇게 너무 어둡고 무거운 그림이 나온 거지. 그런데 잘 보면 훨씬 부드럽고 자연스럽지?"

나는 선생님의 말이 칭찬인지 타박인지 구분하기가 어려웠다. 하지만 워낙 소심한 성격인 나는 그 친구처럼 웃지는 못하고 어색하게 굳어 있었다.

"분명히 나는 어느 그림에서 미술에 재능이 보이냐고 물어보면 첫 번째 그림이 탁월하다고 말할 거야. 이런 놈들은 보는 눈도 있고 그리는 센스도 있으니, 원리만 알려주면 금방 늘거든. 그런데 재미있는 건 어느 그림이 더 성공한 미술가가 될 가능성이 보이냐고 물어본다면 난 두 번째 그림을 선택할 거야. 왜냐하면 세상에 성실하지 않은 천재는 없거든. 아무리 빛나는 재능을 가지고 태어났다고 하더라도 미술은 그렇게 단기적으로 성과를 만들어낼 수 없어. 수많은 과정을 묵묵히 수행해 나갈 끈기와 의지가 필요하거든. 그래서 나는 좋은 예술가가 되기 위한 가장 중요한 자질은 빛나는 재능보다 끈기와 성실이라고 생각해. 그래서 나는 이놈이 꼭 미술을 했으면 좋겠다."

그 당시에 내가 어떻게 했는지는 잘 생각이 나지 않는다. 아마도 집에 가서 엄마에게 미술학원을 보내달라고 졸랐던 것 같기는 한데 결국은 다니지는 못했다. 그런데 그 이후에 내 교과서를 보면 모서리마다 꼭 작은 원 데생을 그린 흔적들이 있었다. 수업이 재미가 없거나, 뭔가 딴생각이 들 때면 나도 모르게 원 데생을 그리곤 했는데, 미련이라기보다는 그냥 뭔가 강한 인상이 남은 것 같다.

나는 그녀와의 대화에서 문득 내가 그렇게 수없이 그렸던 원 데생이 생각이 났다. 나는 지금까지의 내 삶도 마치 내가 그렸던 원 데생 같다는 생각이 들었다. 남들이 보기에는 흐릿하고 밋밋한 선들이지만, 그 선들이 모여서 어떤 나를 만들지는 아직 모르는 것이라고. 나는 지금까지 그저 열심히 선들을 쌓아가고 있었던 것이기에 앞으로 드러날 나의 모습은 아직 모르는 것이라고. 나는 다시 원 데생을 그리고 싶어졌다. 그리고 트러스트 말고 내가 뭘 하고 싶은지 알게 된 느낌이었다. 트러스트 활동만큼이나 터무니없는 일이겠지만 그래도 뭔가 마음속의 불안함은 사라졌다.

"스케치북이 어디 있더라?"

21

마지막이라는 말은 참 신기하다. 무엇인가 끝을 의미하는 말이기도 하지만, 또 다른 시작을 뜻하기도 하기 때문이다. 나에게 항상 마지막은 아쉽고 슬픈 기억들이었지만, 또 금세 새로운 두근거림으로 달라지곤 했다. 매번 하던 졸업식도, 지겹던 군대의 전역일도, 꽤 가슴 아팠던 연인들과의 이별도.

나에게 마지막에 대한 가장 강렬한 기억은 바로 외할머니와의 이별이다. 어느 날인가 갑자기 어머니, 아버지가 외가댁에 가야 한다고 했던 날이 있었다. 급하게 내려가시는 길이라 아버지는 삼촌에게 연락해서 동생과 나를 부탁하셨고, 그날은 엄마와 아빠가 없이 삼촌과 우리끼리만 자야 하는 날이었다. 여름쯤이었는데, 우리는 방문을 열고, 선풍기를 틀어 놓고 자고 있었다. 문득 새벽에 잠에서 깬 나는 꿈인지 현실인지 몽롱한 정신으로 거실을 바라보고 있었다. 그런데 저기 창가에서 누군가 나에게 걸어오는 것이 보였다. 외할머니셨다. 평소처럼 고운 쪽진 머리에, 하얀색 비단 한복을 입으신 할머니는 편안하게 웃으시며, 나를 바라보고 계셨다. 그렇게 한참을 바라보시다 어느새 사라지셨는데, 잠결이지만 나는 무심코 시계를 봤고, 그때 시간이 새벽 3시 15분이었다.

놀랍게도 아침에 일어나니 삼촌이 외할머니가 돌아가셔서 지금 외가댁에 가야 한다고 하셨고, 나중에 들어보니 새벽 3시 넘어서 할머니가 돌아가셨다고 했다. 나는 이 이야기를 어른이 되어서야 엄마에게 할 수 있었다. 그리고 내 이야기를 들으신 엄마는 눈물을 흘리며 말씀하셨다.

"그렇게 너를 유독 이뻐하시더니, 가시는 길에 보고 가셨나 보다……"

그렇게 나에게 강력했던 외할머니와의 이별도 우리 가족에게는 새로운 변화를 가져왔다. 매년 명절마다 왕복으로 10시간이 넘게 걸리며 가던 외갓집을 더 이상 가지 않게 되었고, 서울의 집에서 온전히 연휴를 즐길 수 있게 되었으니 말이다. 할머니와의 이별은 많이 슬프고 아팠지만, 또 그 후에 얻게 된 명절의 여유 또한 그만큼 즐거웠다.

나의 마지막 출근은 아주 평범했다. 평소와 다르지 않게 출근

타운하우스

준비를 하고, 평소와 같은 시간에 현관문을 나섰다. 다만, 다른
것은 하준이 형이 나를 기다리고 있었다는 것이다.

"뭐 이렇게 밍기적대! 빨리 가자!"

"예?"

"너 마지막 출근이라며, 내가 한 번은 데려다주고 싶었어."

"아…… 예…….”

나는 엄청나게 유명한 연예인이 운전해 주는 벤츠를 타고 마
지막 출근을 하게 되었다. 출근길에 우리는 특별한 얘기를 하지
는 않았다. 그저 라디오를 듣고, 거기서 나오는 이슈에 대한 간
단한 대화들을 하고, 나의 마지막 출근도, 형이 직접 데려다주
는 것도, 서로 대수롭지 않게 여기고 있었다. 그때 라디오에서
트러스트의 음악이 나왔다.

"형, 저 여기 이사 오고 첫 출근 하던 날도 라디오에서 이 노
래가 나왔어요."

"그래? 아주 운명이네."

"실은 그때 그 노래 듣고서야 아침에 만난 사람이 형인 줄 알
았어요! 하하하하."

"그랬구면. 어쩐지 나를 그냥 웬 미친놈 보듯이 보더니만."

"근데, 그날 이후로 정말 너무 많은 게 달라졌네요."

"앞으로는 더 많이 달라질 거야, 아마."

"그렇겠죠?"

"겁은 안 나?"

"엄청 쫄아 있죠. 진짜 아무것도 가진 재주도 없는 제가 트러스트 멤버로 같이 활동을 한다는 게 말이 안 되니까요."

"그래? 그런데 난 왜 아무 걱정이 안 되냐?"

"형은 걱정이 안 돼요?"

"어! 전혀. 그냥 뭐라도 되지 않을까 싶어."

"그럴까요?"

"어차피 아무도 몰라. 우리 인생이 미리 살아본 사람도 없고, 모든 인생을 경험해 본 사람도 없으니까. 누구나 다 처음이고, 누구랑 비교해도 같을 수가 없어. 그니까 뭐, 질러보는 거지. 가끔은 될 대로 돼라 하고……."

"형, 저기예요."

형이 운전하는 차는 어느새 우리 회사 앞에 도착했고, 나는 건물 정문에서 내렸다. 평범한 회사에 비범한 차가 서고, 그 차에서 내가 내리니까 사람들은 슬금슬금 쳐다보기 시작했다. 나는 마지막 출근이지만 그래도 주목받는 것이 쑥스러워서 후다닥 들어가려고 했다.

"준호야!"

"예? 왜요?"

"오늘 인사만 하면 된다고 했지?"

"예."

"그럼 끝나면 전화해, 바로."

"아 예."

"잘 다녀와!"

"고맙습니다."

창문을 열고 큰소리로 말하는 하준이 형을 사람들이 모를 리가 없었다. 사람들은 벌써부터 휴대폰을 꺼내서 사진을 찍기도 했고, 나는 그 상황이 더 부담스러워서 정신없이 뛰어들어 갈 수밖에 없었다.

그렇게 마지막 출근을 한 나는 노트북과 모니터를 반납하고, 법인카드를 마지막으로 정산하고 나서, 업무 인수인계서를 후임자에게 전달했다. 그리고 사무실을 돌면서 마지막 인사를 하는데, 아침의 사건이 이미 소문이 났는지 지금까지 나를 보던 눈빛들과는 다르게 보는 것이 느껴졌다. 특히 본부장은 뭔가 물어보고 싶은 것이 많은 것 같았지만 나에게 물어보는 것이 자존심이 상한다고 생각한 건지 끝까지 물어보지 않았다.

"나가서 이제 뭐해?"

"그냥 이것저것이요……."

나는 사람들의 질문에 이렇게 대충 얼버무리고 넘어갔다. 점심이나 같이 먹자고 하는 사람들이 있었으나. 굳이 그러고 싶은 마음도 없어서 쿨하게 회사를 나왔다. 그리고 나와서 정말 홀가분한 마음으로 버스 정류장을 향해 걷고 있는데, 길 건너에서 커다란 캠핑카가 나를 향해 상향등을 켜댔다.

"어이! 트러스트!"

그곳에는 트러스트 형들이 타고 있었고, 하루 씨도 타고 있었다. 운전석에는 미나 누나가 있었는데, 캠핑카 운선석에 앉은 누나가 엄청 근사해 보였다.

"뭐예요?"

"야! 바로 전화하라니까 왜 안 해!"

"이제 하려고 했죠! 근데 이게 뭐예요? 이 차는 또 뭐고? 다들 잘 시간 아니에요?"

"이 차는 우리가 투어 다닐 때 쓰라고 미나가 회사에서 내준 차야! 미나가 힘 좀 썼어!"

"대박!"

"우리 마지막 곡만 녹음하면 되잖아. 우리 이사님께서 경치 좋은 곳에 녹음실을 마련해 놓으셨다고 하네!"

"예?"

"그래서 지금부터 우리는 놀러 가는 거예요! 가서 놀다가 이 기분 이대로 녹음하지고요!"

"준호 백수 기념 퐈리!"

마지막은 항상 새로운 설렘이 기다리고 있다. 나의 마지막 출근을 기다려준 우리 멤버들처럼. 나는 두렵지 않다. 쫄지도 않았고. 내가 재능이 없으면 어떤가? 나한테는 이 사람들과 만난

행운이 재능일 수도 있는 거니까. 그냥 지금은 백수를 즐겨보기로 했다.

"가자!"

22

날이 너무 좋았다. 쏟아지는 햇살과 시원한 바람. 우리는 어
디로 가는지 몰랐지만, 아무도 미나 누나에게 물어보지 않았다.
이미 어디든 상관이 없었다. 그저 함께 가고 있다는 사실과 마
지막 곡만 녹음하면 끝난다는 기대가 우리를 충분히 흥분시키
고 있었기 때문이다. 우리는 가는 내내 신나는 노래를 틀고 따
라 부르며 달렸다.

"미쳤어! 마지막 곡 녹음해야 한다고! 다들 목 아끼라고!"

미나 누나는 제작자로서 우리에게 잔소리를 했지만, 이미 누
나의 목소리에도 신남이 묻어 있었다. 마지막 녹음이 남아 있다
고는 해도 우리는 아무도 신경 쓰지 않았다. 가는 길에 들른 휴
게소에서는 많은 사람이 우리를 알아보고 사진을 찍었지만, 우

린 아랑곳하지 않고 주전부리만 10만 원어치 넘게 사 왔다.

"야, 니들 관리 안 해? 아저씨들 배 나오면 이제 안 들어가요! 알아요?"

잔소리를 하는 미나 누나의 입에는 이미 호두과자가 들어 있었고, 손에는 핫바가 들려 있었다. 우리는 그렇게 휴게소를 두 군데나 더 쓸어 버렸고, 신나는 노래를 부르며 4시간을 달려서 숙소에 도착했다.

숙소는 바다가 보이는 절벽에 지어진 근사한 전원주택이었고, 이미 거실에는 녹음을 할 준비가 다 되어 있었다. 우리가 도착한 시간에는 마치 기다리고 있었던 것처럼 노을이 지고 있었다.

"죽인다……."

"진짜……."

우리는 그렇게 많은 군것질을 하며 달려왔지만, 마치 한 끼도 안 먹은 사람들처럼 저녁을 준비하기 시작했다. 트러스트 형들은 관리인이 준비해둔 바비큐 도구에 불을 붙이고 고기를 굽기 시작했고, 미나 누나랑 그녀는 채소를 다듬고 밥을 했다. 나는 내 전매특허인 김치찌개를 끓이고 커다란 아이스 박스에 얼음과 맥주를 채웠다.

모든 준비가 끝나자 우리는 바다가 보이는 정원에서 바다를 보며 저녁을 먹기 시작했다. 4시간을 달려오며 그렇게도 많은 수다를 떨었지만, 우리는 뭐가 그렇게 할 말들이 많은지 쉴 새 없이 대화를 이어갔다.

"그동안 수고들 했어. 마지막 한 곡 남았으니까, 그 곡은 푹 쉬다가 그냥 하고 싶어 지면 그때 녹음하자."

"아까는 마지막 곡 녹음한다고 목 아끼라더니."

"목은 아껴야지! 하고 싶은데 목소리가 안 나오면 안 되잖아."

"그거야 그렇지……."

우리는 그렇게 또 아주 오랜 시간을 함께 떠들고 술을 마시며 있었다. 그렇게 노을이 지던 시간은 깊은 밤으로 이어졌고, 깊은 밤이었던 하늘은 다시 조금씩 밝아오는 새벽이 되고 있었다. 우리는 어느새 흐르는 파도 소리에 빠져 아무도 말을 하지 않고 있었고, 말을 하지는 않아도 모두의 마음이 모이는 순간이 만들어지고 있었다.

"지금이 우리 같지 않아?"

하준이 형이 모두의 침묵을 깨고 말을 했다.

"우리한테는 이미 너무 늦어서 아무것도 남지 않은 것 같은 시간인데, 얘네들한테는 이제야 막 새로운 하루가 시작되는 순간이잖아. 지금이 딱 우리의 시간 같아. 아주 많이 늦었지만, 이제 시작인 순간. 지나간 하루와 새로운 하루가 만나는 순간……."

하준이 형 말에 모두 공감하는지 아무도 말을 이어가지 않았다. 우리는 다시 아무도 말을 하지 않고 우리를 닮은 시간을 보내고 있었다.

"노래하고 싶다……."

그녀는 말없이 바다를 보다 그냥 툭 혼잣말을 했다. 그녀의 말에 우리는 누가 먼저라고 할 것도 없이 거실로 들어가 각자의 악기 앞으로 갔다. 그리고 바다가 가득 보이는 거실의 창문을 모두 열고 바람을 그대로 맞기 시작했다. 녹음을 하기에는 너무나도 많은 잡음이 들어가는 환경이었지만, 우리는 지금의 그 소음들도 좋은 연주가 되리라 믿었다.

마지막 곡은 하준이 형의 피아노로 시작했다. 감미로운 피아노 선율이 파도 소리와 어울려서 쓸쓸하지만 포근한 느낌을 만들어 냈다. 그리고 그때 그녀의 맑은 목소리가 들리기 시작했다.

보고 싶었어, 아주 오랫동안
나의 모든 순간에
아무도 말해주지 않던 그 시절에도
나는 알고 있었어

누구인지가 중요하진 않았어
궁금하지 않아서
이 세상에 존재하고 있기만을 바라며

그저 보고 싶었어

But I couldn't tell you.
I don't want to tell you first.
나 혼자일까봐

But I couldn't tell you.
I don't want to tell you first.
그댄 아닐까봐

겁이 났었어. 아주 많이 많이
우리 모든 순간이
아무도 모르는 우리만의 시간들이
다시 사라질까봐

무엇인가가 중요하진 않았어
그저 필요했을 뿐
우리 사이를 이어 줄 핑계가 필요해
그냥 투정부렸어

But I couldn't tell you.

I don't want to tell you first.
나 혼자일까봐

But I couldn't tell you.
I don't want to tell you first.
그댄 아닐까봐

그녀가 부르는 마지막 곡은 우리가 연습했던 곡이 아니었다. 그녀는 마치 오랫동안 하고 싶었던 말인 것처럼 새로 붙인 가사로 하준이 형에게 말하고 있었다. 멜로디는 같았지만, 가사가 달라지니 곡은 느낌이 아주 많이 달라졌다. 이미 무엇도 남지 않은 것처럼 관계가 풀어졌다 생각했지만, 그들은 아직 하고 싶은 말들이 남은 것이었다.

부서질까봐 무너질까봐
내 서툰 진심에 상처될까봐
부서질까봐 무너질까봐
네 여린 마음이 아파할까봐

부서질까봐 무너질까봐
내 서툰 진심에 상처될까봐

부서질까봐 무너질까봐

네 여린 마음이 아파할까봐

마지막에 하준이 형이 부르기로 한 부분의 가사도 달라졌다. 미리 바꾼 건지, 그녀의 노래를 듣고 지금 막 바꾼 건지는 모르지만 우리의 마지막 곡은 그렇게 녹음이 되었다. 그 곡이 끝나고 우리는 몇 번을 더 녹음을 하기는 했지만, 첫 번째 녹음을 앨범에 담기로 했다. 그렇게 우리는 모든 곡의 녹음을 마쳤다.

그렇게 아침 해를 볼 때까지 녹음을 한 우리는 마치 모두 죽은 사람들처럼 하루를 온종일 자버렸다. 그날 하루는 아무도 먹지도 않고 마시지도 않고, 그저 각자의 자리에서 널부러져 계속 잠만 잤다.

전날 우리가 도착했던 그 시간이 되어서야 우리는 모두 일어났고, 그 사이 미나 누나는 악기와 녹음 장비를 모두 챙겨서 서울로 보냈다. 왜 벌써 다 보냈냐는 하준이 형의 불만에 미나 누나는 악기랑 장비 대여료가 얼마나 비싼 줄 아냐고 이사님스럽게 말하기는 했지만, 실은 우리 모두 알고 있었다. 더 이상의 녹음은 필요가 없다는 것을.

우리는 그렇게 그곳에서 3일을 더 놀고 마시며 뒤풀이를 했고, 그렇게 불어난 몸을 다시 만드느라 2주 내내 헬스장에서 살아야 했다. 하지만 그 2주의 시간 동안 미나 누나의 지휘에 따라 앨범 준비는 차질 없이 진행되고 있었다.

 드디어 트러스트 5집의 공식 첫 무대가 하루 앞으로 다가왔다. 이미 이런 무대에 익숙한 형들은 아무렇지 않은 듯 행동하고 있었지만, 미나 누나는 형들도 엄청 긴장하고 있는 상태라고 했다. 이런 큰 무대를 처음 서보는 그녀와 아예 무대는 처음 서보는 나는 어제부터 하루에 화장실을 100번씩은 가고 있는 것 같았다.

 너무 긴장이 많이 되는 나는 그나마 심신의 안정을 찾기 위해 얼마 전부터 시작한 데생을 했다. 아직 학원을 다니거나 미술을 전문적으로 배우기로 한 것은 아니지만, 그래도 가만히 앉아 원 데생을 차분하게 그리다 보면 뭔가 내가 나아가고 있는 듯했다.

 "달이에요?"

 너무 긴장이 돼서 테라스에 숨어 원 데생을 그리고 있던 나에게 그녀가 다가와서 말을 걸었다. 데생으로 진정이 되던 심장이 갑자기 두 배로 더 빠르게 뛰기 시작했다.

23

"달이에요?"

"아니요. 그냥 데생하는 거예요……."

"아, 그쪽에 소질이 있구나?"

"아뇨, 그냥 처음으로 선생님한테 칭찬받아본 게 이거였어요. 그래서 학창 시절 내내 수업시간이 지루하거나 긴장되는 일이 있으면 습관처럼 이걸 했거든요. 근데 직장 생활하면서는 다 잊고 있었는데, 지난번 하루 씨 얘기 듣고 생각나서 다시 해보는 거예요."

"지금 지루한 건 아닐 테고, 긴장돼요?"

"예."

"나도 엄청 긴장되는데, 해봐도 돼요?"

"그럴래요?"

그녀는 내가 알려주지 않아도 차분하게 데생을 그리기 시작했다. 차분하게 한 줄 한 줄 원을 그려 나가는 모습을 보니, 그녀도 나와 같은 성격인 듯했다. 화려한 외모와 눈부신 재능을 타고났다고 생각했지만, 어쩌면 그녀도 엄청난 연습벌레일지도 모른다는 생각이 들었다. 한참 동안 그녀가 데생을 그리는 것을 보며 나도 옆에서 마저 데생을 그리고 있었다. 그렇게 우리는 한 시간 동안 말도 없이 각자의 원을 그려나가고 있었다.

"그림자가 없네요."

한 시간이 지나 그녀가 완성한 원을 보니 그림자가 없었다.

"저는 달을 그렸거든요⋯⋯."

내가 지금까지 노트와 교과서에 그려온 수많은 원은 모두 그림자가 있었다. 가끔 광원의 방향을 바꿔서 그림자의 방향이나 길이를 다르게 한 적은 있어도 한 번도 그림자를 그리지 않은 적은 없었다. 그런데 그녀가 그린 원에는 그림자가 없다. 그리고 그림자가 없어서 달이라고 말하고 있다.

"내가 그린 원은 그림자가 무거워서 달이 되지 못한 걸까요?"

"글쎄요. 근데 굳이 달이 두 개일 필요는 없잖아요."

나는 원이다. 항상 원만하게 평범하게 세상을 굴러다니던 원. 그리고 나는 나의 의지보다는 세상의 각도에 따라 이리저리 굴러다니곤 했다. 그런데 나와 같은 원이지만 그녀는 하늘에 떠 있다. 세상에 끌려다니지도 않고, 평범하게 굴러다니지도 않는다. 역시 그녀는 나와 다르다.

"역시 하루 씨는 나와 다른 세상을 살아가는 것 같아요."

"뭐가요?"

"저 원 하나 그려도 나랑 다르잖아요."

"그런가?"

"그런데 둘이 똑같은 원을 그리는데 같은 걸 그리면 너무 재미없잖아요. 다르니까 재미있는 거고, 다르니까 서로 끌리는 거죠. 잠깐만요."

그녀는 갑자기 내 그림을 한쪽에 두고, 자신의 그림을 내 그림의 광원이 있는 위쪽에 두었다. 그렇게 두 장의 그림을 놓고 보니 꼭 그녀의 달빛이 나를 비추는 것 같았다.

"봐요. 꼭 내가 그린 원이 오빠가 그린 원을 비추는 것 같지 않아요?"

"맞네요. 그런 것 같다……."

"우리가 똑같은 걸 그렸으면, 이렇게 멋진 모습을 볼 수 없었을 거예요. 지금 이 두 장의 그림은 내가 오빠를 비춰주는 것 같지만, 또 오빠가 나를 바라봐주는 것 같기도 해요. 다르니까, 다르니까 이야기가 되는 거예요. 같으면 재미없어."

"우리도 이야기가 될까요?"

나는 또 맘에만 있던 이야기가 쑥 나왔다.

"어? 오빠 또 고백하는 거예요?"

"아니…… 그게…….."

나는 금세 얼굴이 빨개지고, 심장이 터질 듯 뛰기 시작했다. 이 상황을 빨리 벗어나야겠다는 생각밖에 안 들었다. 그런데 그때 문득 그녀가 나에게 한 걸음 더 다가왔다.

"몰랐어요? 이게 우리 이야기잖아요. 오빠가 나를 봐주기 시작해서, 내가 오빠를 비춰주기 시작하는 동그라미들 이야기……."

"어…… 어…….."

나는 그녀의 말에 아무런 대답도 하지 못하고 굳어 갔고, 그녀는 그렇게 빨개진 나를 보며 짓궂게 웃고 있었다. 나는 무슨 말이라도 하면 내 심장이 입 밖으로 튀어나올 것 같아서 한마디도 할 수 없었다.

"뭘 또 그렇게 당황하고 그래요, 사람 민망하게. 내가 보기에는 진짜 재밌는 이야기가 되려면. 여기서 아빠가 딱 등장해야 해요. 근데 그럼 너무 주말드라마니까. 로맨틱 코미디로 가려면 내가 이 타이밍에 여운 있게 쓱 빠져나가는 게 낫겠죠? 아마 슬슬 밑에도 끝났을 거 같으니까. 저 가요."

그녀는 나에게 무엇인가 종알종알 말을 하고는 계단으로 사라졌다. 나는 또 한참을 그 자리에서 멍하게 서 있었다. 지금 이게 무슨 일일까? 뭐지? 너무 혼란스럽고 멍한 상태로 가만히 있는데, 그녀가 갑자기 또 올라왔다.

"아! 오빠. 근데 그 달 그린 거요. 실은 내가 아니라 오빠 생각하고 그린 거예요. 나한테는 오빠가 그린 원이 나고, 하늘에 있는 달이 오빠거든요. 그때 오빠가 나한테 와주지 않았으면 나는 달도 없는 어둠 속에서 내가 누구인지도 몰랐을 테니까요. 그니까, 고마워요……."

그녀가 떠난 2층 테라스에는 그녀와 내가 그린 두 장의 그림만 덩그러니 놓여 있었다. 그리고 나는 그 앞에 서서 한참 동안을 움직일 수 없었다. 나에게는 이미 누가 달이고 누가 원인지는 중요하지 않았다. 이 테이블에 두 장의 그림이 함께 놓여 있다는 사실만이 나의 심장을 뛰게 하고 있었기 때문이다. 나는 조심히 두 원을 손으로 오려서 새로운 도화지에 옮겨 붙였다. 마치 이 집에 함께 있는 우리 둘처럼.

"우리……, 우리가 될까?"

24

우리의 첫 무대는 역시 하준이 형이 진행하는 음악 프로그램
이었다. 미나 누나는 일찌감치 담당 PD와 얘기를 해서 트러스
트 특집 방송을 준비하고 있었고, 당일 하준이 형의 컨디션을
고려해서 1회분만 녹화를 하기로 했다. 하준이 형이 오랫동안
진행해온 프로그램이기도 하고, 담당 PD도 워낙 공공연하게 트
러스트의 팬임을 밝혔던 터라 트러스트의 컴백무대는 아주 원
활하게 준비되고 있었다. 나만 빼고 말이다.

우리는 그 첫 무대에서 트러스트 5집 전곡을 부르기로 했다.
원래 신곡은 2곡 정도만 부르고, 나머지는 트러스트의 히트곡
들을 중심으로 구성하려고 했지만, 담당 PD가 우리의 연습실에
놀러 왔다가 그 자리에서 앨범의 전곡을 공연하는 것으로 방향

을 바꿨다. 그래서 우리는 이례적으로 공중파에서 새로운 앨범의 전곡을 발표하게 되었다. 그 말은, 그 시간 내내 나 역시 함께 연주를 해야 한다는 뜻이었다.

다행히도 리허설을 하기 위해서 올라가 본 무대의 내 자리는 한쪽 구석에 어두운 곳이었다. 어차피 내 파트가 많이 나오지도 않고, 중요하지도 않은 부분이라 정말 다행이라 생각하고 있었다. 하지만 막상 리허설이 시작되자 내 손과 발과 심장과 눈동자는 미친 듯이 떨리기 시작했고, 그 짧은 파트를 많이도 틀렸다. 박자를 놓치고 삑사리가 나는 건 예사였고, 가끔 실로폰 스틱을 놓치거나, 드럼에 걸려 넘어지기까지 했다. 그야말로 나로 인해 리허설은 너덜너덜해졌고, 나는 멘붕에 빠져버렸다. 그나마 워낙 무대에 익숙한 형들은 그런 나를 닦달하지 않았고, 오히려 열심히 격려해 주었다.

"준호야, 틀려도 괜찮아."

"저희가 어차피 녹화방송이니까 너무 겁먹지 않아도 돼요."

"야, 내가 이럴 거 같아서 뒤에 녹화도 빼 달라고 한 거니까 천천히 하자, 천천히!"

미나 누나가 1회분만 녹화를 하자고 한 건 정말 신의 한수일지도 모른다. 나는 리허설에서만 30번이 넘는 실수를 했고, 리허설이 끝나고 대기실에 오자 내 옷은 비처럼 흐르는 땀에 속옷까지 몽땅 젖어 있었다. 나는 진정이 되지 않는 심장 때문에 숨을 쉬기도 힘들었다. 처음으로 도망치고 싶다는 생각이 들었다.

"이거 필요하지 않아요?"

그때 그녀가 대기실에 들어왔다. 그녀도 나만큼이나 무대에서 긴장하는 모습을 보였지만, 실제 연주가 시작되고 노래를 하기 시작하자 거짓말처럼 차분해졌다. 나는 그런 그녀의 모습을 보면서 내심 흐뭇하기도 했지만, 진짜 나만 여기서 어울리지 못하는구나 하는 생각이 들었다.

"나 아침부터 달을 네 개나 그렸어요. 떨릴 때 이거 진짜 좋은 거 같아요."

그녀는 빈 스케치북을 건네며, 자신이 그린 네 개의 달도 함께 보여줬다.

"그걸로 될까요? 나는 지금 손이 떨려서 연필을 잡지도 못하겠는데?"

그녀는 내 말에 잠시 내 눈을 바라보더니 내 손에 연필을 쥐여주고, 내 손에 자기 손을 포개었다.

"그럼 같이 그려요. 내가 잡아 줄게요. 아직 시간이 좀 있으니까, 같이 그려봐요."

"하루 씨가 손을 잡아주는 게 그렇게 도움이 되진 않아요. 더 떨려서……."

"그래요?"

"이상하네. 난 오빠 때문에 덜 떨리던데……."

228

"예?"

"내 뒤에 오빠가 있는 거잖아요. 지난번에 우리가 그린 달처럼. 나만 봐주고 있을 오빠가 뒤에 있다고 생각하니까 난 오히려 안 떨리던데……."

"……."

"떨리면 앞에 있는 나를 봐요. 나도 뒤돌아볼게. 그럼 우리 둘 다 잘할 수 있을 거예요."

뭔가 마음이 편안해지는 느낌이었다. 그녀가 잡고 있는 내 손에 느껴지는 그녀의 온기도 느껴지기 시작했다. 나는 갑자기 우리가 거실에서 함께 연습하던 순간들이 떠올랐다. 내가 그때 정말 즐겁게 연습을 할 수 있었던 것은 나를 믿고 팀이라고 말해주는 사람들과 항상 내 파트마다 뒤돌아보며 웃어주던 그녀의 모습 때문이었다. 그런데 나는 리허설 때 너무 많이 긴장해서 아무도 보이지 않았다. 나를 믿어주는 형들도, 밖에서 응원을 해주는 미나 누나도, 그리고 나를 돌아봐 주는 그녀의 모습도.

나는 그냥 무대가 거실이라고 생각하기로 했다. 나에게는 너무 큰 모험이었고, 절대 어울리지 않을 것 같은 공간이었지만, 어느새 나의 인생을 송두리째 바꿔버린 공간. 지금부터는 그 무대가 나를 그렇게 만들지도 모른다는 생각을 했다. 떨림이 멈췄다. 손도, 발도, 심장도.

진정하고 나자 나에게는 너무나도 많은 일이 남아 있었다. 우선 속옷부터 갈아입어야 했다. 다행인 것은 스타일리스트 분께서 오늘 무대의상이 화이트여서 혹시나 하는 마음에 속옷까지 챙겨다 주셨다는 것이었다. 무대의상은 모두 하얀색 정장이었는데, 멤버들의 개성에 맞게 디자인만 조금씩 달랐다. 나는 기본적인 디자인에 흰색 셔츠와 흰색 타이까지 세팅해주셨는데, 하준이 형이 말렸다.

"야. 가뜩이나 긴장하는 앤데, 목까지 조이면 얘 죽는다. 타이는 빼줘."

하준이 형의 카리스마 넘치는 배려로 조금은 편한 상태가 되었다. 역시 연예인은 연예인인 건지. 형들은 무대의상을 입고 메이크업까지 마치자 정말 멋진 락밴드가 되었다. 마지막으로 메이크업을 마친 나는 어색하기 그지없었지만, 나름 어울린다는 말들을 해주었다.

그리고 그녀가 등장했는데, 나는 바로 시간이 멈춘 듯한 착각을 느꼈다. 하얀색 청순한 느낌의 원피스를 입은 그녀는 그야말로 이 세상 사람이 아닌 듯했다. 나만의 생각은 아니었는지, 형들과 누나의 반응들도 뜨거웠다.

"우와! 우리 보컬 죽인다!"

"진짜 확 사네! 역시 피는 못 속여!"

"내가 하루가 흰색이 잘 받아서 화이트로 콘셉트를 잡았는데 제대로네!"

그리고 하준이 형도 수줍은 듯 칭찬을 건넸다.

"이쁘다."

사람들의 칭찬에 기분이 좋아진 그녀는 괜히 애교를 부리듯
한 바퀴를 돌더니 내 앞으로 와서 물었다.

"오빠는요?"

"이뻐요. 정말 세상에서 제일 이쁜 사람 같아."

무엇이 나를 이렇게 과감하게 만들었는지 모르지만, 나는 처
음으로 마음속의 이야기를 당당하게 말했다. 그 말에 신이 난
건지 그녀는 사뿐사뿐 이리저리 돌아다니며 미나 누나에게 물
었다.

"우리 언제 시작해요?"

"이제 관객들 들어오기 시작했어. 한 20분 후에 시작이야."

20분 남았다는 말에 내 심장은 다시 뛰기 시작했다.

녹화가 시작되자 시끌시끌하던 관객석이 조용해졌다. 앞에
서 진행을 하는 FD가 대본을 크게 돌리자 관객들이 박수를 치
기 시작했다. 잠시 후 하준이 형이 무대의 한쪽에서 천천히 걸
어 들어왔다. 관객들의 엄청난 박수 소리가 귀를 울리다가 서서
히 잦아들었다.

"안녕하세요. 강하준의 스테이지, 강하준입니다. 오늘은 특별
히 예쁜 강아지와 함께 시작을 해보려고 합니다. 잠시만요."

하준이 형의 말에 한쪽에서 FD가 하준이 형에게 마루를 데려

다주었다. 관객석에서는 너무 귀여운 마루 덕에 감탄이 터져 나오기 시작했고, 마루는 하준이 형에 안겨서 기분 좋게 꼬리를 흔들고 있었다.

"진짜 귀엽죠? 이 친구가 나름 유명한 친구예요. 벌써 아시는 분들도 계시는 것 같은데, 인스타그램 스타거든요. 벌써 팔로워가 20만을 넘었다고 하더라고요. 팔로워만 보면 저보다 훨씬 유명한 친굽니다. 자. 그런데 실은 이 친구는 이름이 두 개예요. 처음에 이 친구를 저에게 맡긴 사람이 붙여준 '마루'라는 이름이 있고요. 제가 이 친구를 다시 다른 사람에게 맡겼는데, 그 사람이 지어준 '승이'라는 이름도 있습니다. 지금은 그 둘 간의 치열한 분쟁을 거쳐 결국 마루라는 이름으로 활동 중이지만, 여튼 이 친구는 이름이 둘입니다.

제가 왜 오늘 이 친구를 데리고 오프닝을 시작하냐면요. 지금부터 나오는 그룹이 바로 이 친구의 이름을 지어준 그 두 사람인 만든 팀이기 때문입니다."

이미 마루를 알아본 하준이 형의 팬들은 술렁이기 시작했고, 그들로 인해 관객석은 웅성대기 시작했다.

"참 오랫동안 새로운 음악을 하지 않았던 낡은 팀이, 두 명의 새로운 멤버를 만나 다시 무대에 찾아오게 되었습니다. 오늘은 그분들의 새로운 음악으로 무대를 채워볼 예정인데요. 그러기 위해서는 저도 다른 이름으로 인사를 드려야 될 것 같습니다."

관객들의 표정은 두근거림으로 바뀌기 시작했고, 우리는 진행요원들의 안내에 따라 깜깜한 무대 위에 각자의 자리에 서 있었다.

"안녕하세요. 트러스트의 강하준입니다. 오늘은 트러스트의 새로운 음악을 들려드리는 날입니다. 큰 박수 부탁드립니다."

하준이 형의 말과 동시에 관객들의 엄청난 박수와 함성이 쏟아졌다. 무대에는 조명이 비춰졌다. 진행요원에게 마루를 넘긴 하준이 형은 키보드 앞으로 가서 자리를 잡았다.

잠시 무대에 침묵이 흐르고 하준이 형의 키보드 선율이 공간을 채우기 시작했다. 처음부터 눈을 감고 있던 그녀는 눈을 뜨고 노래를 하기 시작했다. 무대 위에서 조명에 빛나는 그녀는 달 같았다.

"달이다."

25

우리의 노래는 무대를 가득 채우고 관객들에게 전해졌다. 처음 무대에 서 있는 나는, 나를 향해 비추는 조명과 하얀 연기로 아무것도 보이지 않았다. 그저 내 눈에는 달만 보였다.

하얀 달처럼 저기서 빛나며 노래를 부르는 그녀가 나에게는 더 이상 현실이 아니었다. 생각해 보면 지금 나에게 현실다운 것은 아무것도 없다. 지금 당장 모든 게 꿈이라고 해도, 그래서 지금 눈을 떠 현실로 돌아가라 해도, 난 억울할 것이 없다. 이 모든 게 예전의 나와는 너무 다른 세상의 이야기들이니.

우리의 음악은 하나씩 하나씩 무대 위로 피어오르고 있었다. 간혹 들리는 관객들의 박수와 함성소리 그리고 가끔 섞여 있는 사람들의 숨소리로 내가 무대에 있다는 것이 실감이 될 뿐이었다. 하지만 나는 떨고 있지 않았다. 내 파트가 아닌 곳에서는 나는 그들과 가장 가까이 있는 팬이 되어 음악을 듣고 있었고, 나의 파트가 되면 그녀는 뒤돌아 나에게 신호를 줬다. 그러면 나는 순한 아이처럼 그녀가 주는 몸짓에 따라 연주를 해나갔다.

"안녕하세요. 처음 인사드립니다. 트러스트 객원 보컬 하루입니다."

세 곡의 노래를 쉬지 않고 부른 우리는 잠시 쉬는 시간이 필요했고, 그녀가 아무도 쉽게 소리 내지 못하는 이 공간에서 처음으로 입을 열었다. 사람들은 이미 그녀의 노래를 들은 이후여서 엄청난 박수와 함성으로 그녀를 환영해 주었다. 그녀의 눈에는 땀인지 눈물인지 모를 물방울이 맺혀 있었다.

"저는 오늘 이 무대가 처음인데요. 가수라는 꿈을 꾸고 있다는 말을 엄마에게 처음 했을 때, 엄마가 처음으로 보여 주었던 무대가 바로 트러스트의 공연이었어요. 어린 시절이었지만 저에게는 너무 큰 충격이었는데, 그래서인지 그 뒤로 제가 가수가 된 모습을 상상할 때면 항상 트러스트가 함께였어요. 그리고 지금 오랜 시간이 지나서 정말 트러스트랑 함께 무대를 하고 있네요. 물론 제가 화면에서 보던 모습보다는 많이들 연로해지셨지만, 그래도 감동은 상상할 때랑 비교도 안 되네요. 정말 영광입니다."

사람들의 함성이 무대를 가득 채웠다. 나는 아무런 소리도 들리지 않는 것 같았다. 너무 큰 함성 소리가 너무 오래 이어졌기 때문이다. 잠시 후 관객들의 함성이 줄어들기를 차분하게 기다린 그녀는 다시 마이크를 잡았다.

"그리고 오늘 무대가 처음인 사람이 한 명 더 있습니다. 이분은 이런 무대가 처음인데, 저처럼 항상 무대를 상상을 하던 사람도 아니라서, 지금 이 무대가 정말 많이 떨리고 어색할지도 모릅니다. 그래서 제가 부탁 하나만 드릴 건데요. 되도록이면 저쪽을 많이 보지 말아 주시고요. 혹시라도 틀리더라도 원래 그런 것처럼 모르는 척해 주세요."

그녀의 말에 사람들의 웃음소리가 들렸고, 여전히 그녀만 보이는 나지만 그래도 나는 뭐라도 해야 할 것 같아서 어색하게 손을 한 번 흔들었다. 사람들은 내 어색한 몸짓에 더 많이 웃었고, 나는 괜히 손을 흔들었다는 생각으로 고개만 푹 숙이고 있었다. 그리고 그녀는 마치 나에게 고개를 들라고 말하는 것처럼 노래를 부르기 시작했다. 그녀의 노래에 형들의 반주가 얹어지기 시작했고, 나는 다시 달을 바라보기 시작했다.

공연은 정신없이 진행됐고, 관객들은 모두 처음 듣는 곡임에도 불구하고 정말 열정적으로 호응을 해주었다. 그 공간에 있는 모든 사람은 모두 땀에 젖어 있었고, 모두 거친 호흡으로 얼마나 흥분되어 있는지를 말해 주고 있었다. 열심히 우리의 공연을 촬영하는 카메라 감독님들이 아니었다면 우리는 우리가 방송을 하고 있다는 사실도 몰랐을 것이다.

　그리고 드디어 마지막 곡만 남았다. 이번에는 하준이 형이 마이크를 잡고 말했다.

　"저희 5집 어떤가요?"

　사람들의 커다란 함성이 대답을 대신했다.

　"이제 한 곡 남았습니다. 그리고 지금 꼭 해야 할 말이 있습니다. 1집부터 제 모든 음악은 한 사람을 향한 음악이었습니다. 그 사람과의 만남과 이별, 그 이후에 찾아온 공허함까지. 그리고 그 공허함마저 사라져 버리고 나자, 제가 새로운 음악을 할 이유가 사라졌습니다. 저희의 5집이 이렇게 오랜 걸린 이유죠.

　그런데 어느 날 음악을 해야 할 새로운 이유가 생겼습니다. 제 앞에 말도 안 되는 사람이 나타나 버린 거죠. 그래서 이 5집은 그녀를 위해 만든 노래들입니다. 그녀에게 전 항상 미안한 마음뿐입니다. 제 서툼으로 인해 떠나 보낸 첫 번째 사람도, 그로 인해 외롭게 자라온 두 번째 사람도, 모두 제 탓이거든요. 그래서 이 앨범으로 그녀의 외로움을 조금이나마 채울 수 있다면 저는 그걸로 충분한 것 같습니다. 마지막 곡은 [모르고 있다는 것은 아무런 핑계가 되지 않아]입니다. 본인이 태어난 줄도 모르고 있던 못난 아빠에게 찾아와서 근사한 목소리를 선물한 저의 딸, 하루가 부릅니다……."

사람들은 예상치 못한 발표에 아무런 말도 하지 못하고 있었
다. 그녀는 생각보다 차분한 상태로 뒤돌아 무대에 섰다. 사람
들의 시선이 모두 그녀의 반응을 살펴보고 있었고, 그녀는 그저
조용히 하준이 형을 바라봤다. 하준이 형에게 신호를 주자 하준
이 형의 건반으로 노래는 시작되었다.

　내가 무슨 말을 할 수 있을까?
　너에게.
　숨을 쉬고 있는 지금 이 순간이
　모두 후회가 돼.

　내가 어떻게 살아갈 수 있을까?
　앞으로.
　네가 지나온 그 모든 시간들이
　나를 아프게 해.

　멍하니 온종일 기억을 뒤져서
　너를 찾고 있었어.
　아주 작은 조각이라도.
　그렇게 온종일 너만을 찾아서.
　겨우 알 수 있었어.

모두 내 잘못이란 걸.

You can hate me.
No, please hate me.
모르고 있었다는 것은
아무런 핑계가 되지 않아.

You can hate me.
No, please hate me.
모르고 있었다는 것은
아무런 핑계가 되지 않아.

내가 이제와 뭘 할 수 있을까?
너에게.
네가 지나온 그 모든 시간들이
나를 아프게 해.

빈자리 빈자리 빈자리
내가 있어야만 했던 순간들.
나도 모르고 망쳐버린 순간들,
빈자리 빈자리 빈자리

You can hate me.

No, please hate me.

모르고 있었다는 것은

아무런 핑계가 되지 않아.

You can hate me.

No, please hate me.

모르고 있었다는 것은

아무런 핑계가 되지 않아.

모르고 있었다는 것은

아무런 핑계가 되지 않아.

모르고 있었다는 것은

아무런 핑계가 되지 않아.

그렇게 우리의 마지막 곡은 끝이 났다. 사람들은 아무도 앵콜을 외칠 수 없었다. 우리는 조용히 대기실로 나와 거친 숨을 몰아쉬고 있었다. 팀에서 가장 한 일이 없는 내가 가장 많이 지쳐 있었다. 하준이 형은 웃으며 나에게 물 한 병을 건넸다.

그날 우리가 무슨 이야기를 했는지는 모르겠다. 한참을 대기실에서 쉬던 우리는 관객들이 퇴장하는 동안 샤워를 하고, 메이크업을 지웠다. 그리고 또다시 미나 누나가 운전하는 캠핑카에 올랐다. 우리는 아무 일도 없다는 듯이 내 집 거실에 모여 맥주를 마시기 시작했고, 공연을 준비하던 시절로 돌아가 밤새 수다를 떨었다.

1주일 동안, 세상은 아무 일도 일어나지 않았다. 우리의 첫 공연은 1주일 후에 방송이 되는 것이었고, 우리의 앨범 발매도 방송이 끝나는 시점으로 준비해 놓았기 때문이다. 우리는 정말 이상할 만큼 아무 일 없는 시간을 보냈고, 미나 누나만 정신없이 돌아다녔다. 아직 방송은 되지 않았지만 우리의 첫 방송은 방송 관계자들 사이에서 이미 소문이 났고, 미리 섭외를 하려는 사람들의 전화에 누나는 정신이 없었다. 누나는 중간중간 우리에게 향후 스케줄에 대한 의사를 확인하고 조정해 나가고 있다. 아무런 일도 일어나지 않았는데, 누나의 전화기만 불이 난 상황이 나는 신기하기만 했다.

형들은 이런 상황이 이미 익숙한지, 지금의 여유를 최대한 즐기고 있었다. 첫 방송이 나가면 그다음 날부터 아무것도 할 수 없다는 것을 아는지 낮잠을 자기도 하고, 만화책을 보기도 하고, 부모님을 뵈러 다녀오기도 했다. 그래서 결국 이런 시간을 어색해하고 못 견디고 있는 것은 그녀와 나뿐이었다.

우리도 무엇인가 관계가 크게 달라진 것은 없었다. 그저 가끔 둘이서 마루의 산책을 나간다거나 동네의 작은 카페에 가서 차를 마시는 정도였다. 다만 달라진 것이 있다면 내가 더는 그녀 앞에서 당황하거나 긴장하지 않는다는 것과 그녀와 내가 편하게 말을 놓았다는 정도다. 우리는 그렇게 1주일이라는 시간을 아무 일도 없이 보내 버렸지만, 많은 것이 달라진 관계로 함께 시간을 보냈다.

그리고 우리의 공연이 방송되던 날, 우리는 또 모두 내 집의 거실에 모여 공연을 봤다.

나의 타운하우스 거실에서 말이다.

오늘은 아무도 없는 날이다. 팀 멤버들은 모두 개인 스케줄이 있었고, 준호마저도 미나가 마루 촬영이 있다고 데리고 갔다. 미나의 배려인지 모르지만 5집 활동을 시작한 지 3개월 만에 처음으로 편하게 쉴 수 있는 시간이 생겼다. 역시 혼자 있는 시간에는 준호의 집이 편하다. 처음 준호의 집에 왔을 때, 그리고 내가 말도 안 하고 버리지 못한 짐을 이곳에 옮겼을 때, 나는 무언가에 홀린 듯한 기분이 들었다. 마치 내가 아닌 누군가가 나를 조종하는 것 같은. 만약 신이 있다면 나는 그날의 일이 신의 선물이라고 생각한다. 늙어 버린 연예인으로 폼만 잡으며 썩어가던 나를 다시 과거로 돌려 놓았기 때문이다. 처음 타운하우스에 이사 올 때, 모델하우스의 가구를 그대로 주지 않았다고 하더라도 나는 이 오랜 짐들을 가지고 올 생각은 없었다. 시간이 지나도 쉽게 버리지 못하는 짐들이, 먹고살려면 어쩔 수 없이 불러야만 하는 나의 쓰린 과거의 노래들처럼 느껴졌기 때문이다. 오래전부터 모두 버리고 싶었다. 하지만 항상 버릴 수 없었다. 눈앞에서 잠시 치워두기는 했지만, 문득 그 가구의 향이 떠오르거나 소파의 상처를 만지고 싶어질 때면, 숨 막히게 답답한 기분이 나를 감쌌기 때문이다.

그런데 준호의 집이 나를 살렸다. 잊지도 버리지도 못하는 과거의 짐들을 지켜줄 수 있었다. 그저 그리울 때 찾아갈 수 있도록, 그저 잊고 싶을 때 도망갈 수 있도록. 그 과정들이 얼마나 많은 것을 달라지게 만들지는 아무도 예상하지 못했겠지만, 나는 어쩌면 알고 있었는지도 모르겠다. 저 사람이 나를 살릴 수도 있겠다는 것을.

오늘처럼 날이 좋은 오후에는 거실의 소파에 앉아서 햇볕을 쬐는 것을 좋아한다. 햇볕에 비치는 작은 먼지들이 하얀 우주처럼 느껴지기 때문이다. 나는 작은 생수를 한 병을 들고 소파에 누워 있었다. 그저 저 하얀 우주의 움직임을 보며.

그때 문 소리가 났다. 이제 이곳은 너무 많은 사람이 드나드는 곳이기에 놀라지는 않았다. 다만, 누구일까 궁금한 마음에 고개를 돌려 현관을 바라봤다. 그녀가 서 있었다.

"안녕."

내가 캠퍼스에서 그녀를 처음 만났을 때도 그녀는 나에게 그렇게 인사했다.

"안녕."

처음 만나는 사이. 서로 누구인지도 모르는 사이. 그저 내가 베고 있는 것이 자신이 들고 있는 전공서적과 같은 것이라는 것만으로 그녀는 내게 다가와 그렇게 인사했다.

"안녕."

그녀는 베이지색 린넨 원피스에 네이비색 카디건을 걸치고 화려하지 않은 가방을 들고 있었다. 항상 그랬던 것처럼 화려하지도 튀지도 않는, 하지만 누구보다 단정하고 편안한 느낌을 주는 그 모습으로 내 눈앞에 서 있었다.

"안…… 녕……."

나는, 아니 우리는 인사만을 건네고 한동안 서로를 바라만 봤다. 무슨 말이든 하고 싶었지만, 어떤 말도 할 수 없었다. 침묵의 무게가 심장을 누르기 시작할 때, 그녀가 먼저 입을 열었다.

"노래 잘 들었어. 좋더라."

"어…… 고마워…… 하루가 잘해, 노래를."

"나, 우리 얘기를 하려고 왔어. 하루 말고 우리."

"우리……?"

"어. 내가 너하고 얘기하고 싶어서 미나한테 부탁한 거야."

"아…….'

"나는 원래 네가 와주기를 바랐는데, 미나가 나보고 가보라고
하더라고."

"그래?"

"어…… 그런데 와보니까 알겠어. 왜 나더러 가보라고 했는
지."

"뭔데?"

"우리 집이랑 똑같아. 내가 집을 나올 때, 그 집에는 내가 산
게 하나도 없어서 그냥 몸만 나왔잖아. 근데 실은 나 그 집이 너
무 좋았거든. 그래서 내가 독립하면서부터 그 집에 있었던 거랑
비슷한 것들로만 모아 사곤 했어. 그런데 이렇게 다시 보니까,
내 안목이 정확했네. 참 신기하게도 같은 것들이 많아."

"……."

"왜 버리지 못했어?"

"몰라, 나도. 그냥 버리지 못했어. 너는? 왜 다시 시작하지 않
았어?"

"나? 하나도 끝내지 못했거든. 나는 점점 화려해지는 네가 겁
났어. 아니 그 안에서 점점 작아지는 내가 더 싫었어. 그래서 못
된 마음에 내가 잠시 떠나면, 네가 다시 그 자리로 돌아올 줄 알

앉지. 네 노래는 나였으니까. 나만 없으면 네 노래도 더는 없을 줄 알았거든. 근데 아니더라. 네 노래는 내가 아니었어. 나를 부르는 너였지. 그러니까 내가 없어도 너는 나를 계속 부를 수 있더라고. 근데 그게 또 무서워서 나는 그냥 숨어 있었던 거야. 멀리서 나를 부르고 있는 네 목소리만 들으면서……."

"많이 힘들었어?"

"응. 나는 숨었지만 네가 항상 보였고, 하루에게서 너도 느꼈어. 그래서 많이 힘들고, 많이 지치고, 그래도 또 그런 하루 덕에 버틸 수도 있었고……."

"미안해……."

"그 말을 들으려고 온 게 아니야. 내가 하고 싶어서 온 거야. 미안해……."

"어?"

"그냥 네 노래를 들으면서 너는 변하지 않았구나 하는 생각이 들었어. 너는 한 번도 변한 적이 없었는데, 너를 보는 내 마음이, 너를 향한 내 시선이 변해서, 나 혼자 겁을 먹었던 거구나. 그런 생각이 들더라고. 바보같이. 그래서 사과해야겠다고 생각했어. 너는 변하지 않은 것뿐이니까……."

"나도 겁이 났어. 점점 화려해지는 내가 싫지 않았고, 사람들이 좋아해 주는 것도 너무 좋았어. 우쭐대며 너에게 자랑하는 것도 좋았고. 그런데 정작 네가 점점 불안해하는 모습을 보면서, 그냥 네가 이상한 거라고, 내가 성공하면 같이 좋아하고 누려야 하는데, 그걸 못하는 네가 이상한 거라고 점점 생각하게 되는 거야. 다 네 탓이라고. 네가 이상하다고. 그런데 어느날, 점점 더 합리화를 시켜가며, 스스로 잘못한 게 없다고 말하는 내가 무서운 거야. 그래서, 나도 도망친 거야. 어쩌면 마지막은 내가 널 놓은 걸 거야. 미안해……."

"너무 어렸다, 우리. 그렇지? 지나고 보면 다 아무것도 아닌데……."

"지금이라면 다를까?"

"아마도? 적어도 이제 쉽게 도망칠 만한 체력도 없으니까."

"그러네. 도망가는 것도 숨는 것도 이제 쉽지 않아……."

나는 내가 가지고 있던 생수의 뚜껑을 열어 그녀에게 건넸다. 우리가 처음 만났던 캠퍼스에서 그녀가 나에게 그랬던 것처럼.

"반가워."

"반가워."